# 相席

潮見　純子

創英社／三省堂書店

目　次

# 一　なかまはずれ

# 里いもの衣かつぎ

中学、高校を通してずっと中央線の通学仲間で親しい間柄のつもりであった。調子外れでオッチョコチョイの以麻と違って時江はどこをとってもソツのない優等生タイプである。夫も東大出の役人を選んでいる。山深い県境の旧家の長男なので現役時代はずっと東京暮しだった。もう六十年以上も続く年賀状は、いつも古いワープロらしい謄写版刷のような地味なものを、家族共用で使っているようだった。時江は独身のころ教師だったので、その名残りかも知れない。しかし、ノンキャリアとはいえ東大出身の官僚にしてはいささか素気ない賀状である。

その年の年賀状に、弥生会にも白樺会にもお見えになりませんでしたね、という添え書きがあった。以麻は、またこれか、と眉をしかめた。ずっと好調な出席を続けた以麻だが、このところ中学高校のクラス会は欠席がちである。もう喜寿なので歯も悪く食も細くなっているので、パーティー料理など胃の方が受けつけないし、電車を何回も乗り換え二時間ちかくかけて名古屋の会場へ出向くのが大儀になってきた。年金暮しの世代なので誰しも万札の会費が痛いと見えて、出席者は大方かぎられている。医師、重役夫人、成功組の経営者、など健康と経済力に恵まれた者たちである。本当に会いたいクラスメートの顔のないのが淋しく、このところ足が遠のいている。

前の年の年賀状にも、五月にはMさん、Cさん、Gさん、Yさんが泊りがけでお見えになりました、という添え書きがあった。そのことが以麻にはひどく意外であった。以麻は招かれた四人以上に時江とは親しい間柄だとばかり思っていた。中学高校と列車通学の仲間であり、その後も何かと付き合いを重ねていた仲である。眺めの良い山村の旧家なので屋敷は広く、その上新築をしたというので人を招きたい気持は分る。しかし、招かれた四人以上に時江とは親しい間柄だとばかり思っていたので、ひどく意外だった。招いてもいない友に賀状早々、こんな言葉を贈るとは、一体全体どういう神経なのか、まるで分らない。二年続けてこういう賀状を手にすると、以麻は小学生時代からずっと続いた仲間外れの復習をさせられているような気分に襲われだした。十数年前に夫を亡くした以麻はずっとひとり暮しだが、招かれた四人はみな夫婦健在で悠々自適の暮しぶりである。遺族年金で佗しく暮している友に、こういう賀状を送ってくる神経になんだか稚さすら感じもした。人々はそれぞれ差異があって当然である。その差異を丸く受けとめてこそ大人というものだ。老境の下り坂の最中に、周波数の同じもの同士群れあう者たちに、いささかの憐憫さえ覚える程だった。

四人仲間のメンバーではないが、以麻はクラス会の出席率が良いからか、前に医師夫人のMの家に招かれたことがある。まだキウイフルーツが出始めで高価なころ、そんなものや、メロン、銘店の洋菓子など皆しゃれた手みやげを持ってきたが、以麻は借りた畑で前の日に掘ったばかりの土つきの里芋を持参した。彼女の住いの近くのスーパーでは、みやげにするような品物など売っていなかった。土つきの里芋を目にした重役夫人のCは、

「これ、どうやって食べるの、わたしはいつも冷凍物ですましているわ」といった。

戦中戦後の食糧難を体験した者の言葉とは思えなかった。過去の惨めな経験などものの見事に忘れさる神経の持主であるようだ。勉強はさほどでもないのに生き方が器用である。

「これ昨日、掘ったばかりでとても柔らかいの、衣《きぬ》かつぎで食べると美味しいよ」

といったものの、彼女は顔が火照るほど狼狽した。成績は悪くないのに以麻はその手のトンマをよくやった。仲間外れの記憶はいろいろとある。

乗り換え駅の中央線のホームに着くと、前もって連絡しあっていたらしい五、六人が固まっていた。以麻はそういう誘いの声を一度もかけられたことがない。会場に着くとやはり気の合う同士和気あいあいで席順につく。しかし、以麻は大方ひとり何か回想をくゆら

せでもするように、茫洋とくつろいでいた。そんな彼女の周りには、どこか人の近より難い透明なフィルターがかかり、なんとなく遠ざかっていたいともとれる、どこか孤独を好むムードがなくもなかった。

愚鈍な割に直情径行型の以麻は、周囲を気にせず思ったことをすぐ口に出し、しかもそれを訳もなく行動に移す。思った通り正直に書け、というので学級日誌に、ありのままを書いたらそれ以後教師たちから白々しい目を向けられるようになった。愚鈍で気が廻らない割に思考と分析力が鋭くニックネームは哲学少女とつけられてしまった。しかし、中原淳一や蕗谷虹二の雑誌の挿絵にも夢中になったし、ベートーベンのピアノソナタやシューベルトの歌曲も好きで、とりわけブラームスのハンガリア舞曲第五番が流れだすと、狂おしいほどの嵩ぶりを覚えた。ボヘミア風の旋律が訳もなく好きだった。要するに愚鈍な割に多感なので、周囲の誰もが調子を合せるのに骨が折れるらしい。それはかなり幼い頃からの傾向のようで、幼稚園では園長の機嫌を損ね、本堂で見せしめの正座をさせられたことがある。歌好きが嵩じ、許可なくして本堂のピアノで好きな歌の当て弾きをしたからである。おもちゃのピアノではもの足らず本物のピアノに触れてみたかったのである。近所でもまるで奇妙ないたずらをしては、その家の人に叱られた。

しかし、祖父母には目一杯愛されていたので、どこで叱られてもまるで傷ついたりしなかった。祖父は士族の商法を地でいく律義一方のうえ情に厚い方なので、人望の割には梲《うだつ》が上らなかった。祖父には何かと目をかけてくれた材木屋も先代が亡くなり、店主が変るとひどく疎まれるようになった。祖父の人柄を慕って長者町界隈の呉服問屋や名古屋随一の老舗のデパートの支配人、名古屋城に本部をおく第三師団の地位の高い軍人からも別格の大口の商いを取りつけたにもかかわらず、なぜか祖父はずっと冷遇され、薄給のまま五十年以上も勤めあげたのに、退職金も出なかった。世間とは、自分たちとサイクルの合わない処世に疎い朴訥な人間に会うと、心理的なバランスを崩すのか、訳もなく無視したくなるものらしい。

祖父の先祖は、前田利家がまだ犬千代という幼名で名古屋の荒子城で過ごしていたころ、養育係として仕えていたが、ご維新ですっかり零落したということである。祖父の頭頂は山の形に高く、いかにも気高い風貌であった。祖父が熱田の材木商に奉公に出たのはそんな訳である。新しい店主は先代と違って祖父のことをジイと蔑んだ呼び方をした。店主は妾宅を構えたりの道楽三昧だったので、家業の方は番頭や祖父たちが支えたことは間違いない。その番頭も店主に習って女中とかけ落ちしたりで、祖父はその始末に韓国の釜山あたりまで出向いたりしたそうである。祖父はそんな裏方仕事もきちんと引き受けたのである。しかし、日の当る場所を歩くことのうまい店主は、すんなりと大政翼賛会の幹部に納まったので、どんな道楽三昧をやってもその方面でチャラになるらしかった。

そんな暮しの中で、祖母はいつも以麻の弁当に好物の湯葉や椎茸の煮物、玉子焼やえび、金時豆などを添えてくれていた。なのに弁当箱が漆塗りの曲げ輪っぱなのである。以麻は楕円形のアルマイトに花柄のものがいい、といい張ると、

「何いってりゃあす。この塗り物は昔のお姫さまも使わした上等物だわなん」といった。しかし、以麻がきかないので、あまり仲の良くない大政翼賛会の親戚へ出向いて、やっとアルマイトの四角い弁当箱を借りてきた。そういえば花柄の弁当箱を持ってくるのは少数の裕福そうな家の子に限られていた。祖母はけっこう料理に興味があり、土鍋の行平でカスタードクリームを作り、時には名古屋港に入港する外国船の船乗りたちが買いにくる築港付近の遠いパン屋まで出向いてパンを買い、それを火鉢の五徳の上でこんがりと焼き、クリームをたっぷりとつけてくれたものである。いつもは大方、玄米パンのホヤホヤーという呼び声で引き売りにくる玄米パンが普通であった。戦前は一般の菓子店にパンはなく、デパートかパン専門店のみで売られていた。和裁名人の祖母は手芸も達者で、浜縮緬《ちりめん》の

凝った押絵の箱やお手玉もみな祖母の手製だった。娘時代に和裁塾で習ったのだそうだ。

祖父は材木問屋を退職してから細々と頼まれ仕事などをやっていた。かつて名古屋城へ各藩からの献上品が運ばれた堀川の入口から、白鳥橋を始め橋を二本も抱えた入江沿いに延々と続いた魚市場があり、信長の清洲城へも毎朝そこから海産物が届けられたのである。魚市場の側に建つ朝市で、祖父は以麻に赤い塗下駄や花柄のゴム毬、腰下げ（ストラップ）、おはじき、千代紙や色とりどりのモール紐などの玩具類を、惜し気なく買い与えた。士族の末裔にしては随分と甘い人物である。もう七十に手が届き、先が短いのでやたら寂寥にこめられていたのかも知れない。頭頂は山の形に盛り高く、士分の出身だけに体格も頗るよくて、赤ん坊の以麻をいつも懐に入れて歩いていたそうである。近所や幼稚園でどんなに不快な目に遭っても、以麻は祖父に買ってもらった玩具や祖母に作ってもらったお手玉などで遊んでさえいれば、何もかも忘れ去ることができた。千代紙で人形の着物を作ったり、オモチャのピアノで遊んだり、お手玉やぬり絵をしたり、ひとしきり一人遊びに興じたあと、少し倦いてくると新しい下駄に履きかえて閑所に出むき、石けりや毬つきなども結構一人で夢中になった。

そうこうしている間に年上の小学生たちも寄ってきて、新しい遊び方を教えてくれたりする。やがてその小学生らの後についていき、思いがけない遠出になったりもする。新しい見聞が拡がるたびに、幼稚園ぼっこの以麻の好奇心は弥《いや》が上にも燃え上る。秋の釣瓶落しの夕暮どきに、やっと一人で帰ってくると、

「以麻ちゃ、今時分まで、どこへいってりゃあた。子盗《ことり》に連れられてきゃあたかと、婆ちゃん、それは術《じゅつ》なて術なて心が破れてみゃあそうだったがなん」

祖母は泣きべそのような顔になって両袖で以麻をかき抱いた。命の切片が灰のように果敢なく舞いおりる何とも佗しい老人臭がたちこめた。

両親は二人とも祖父母とは血縁のない養子夫婦なのだが、不仲のようで以麻だけを老人の許に残し、他県に赴任したままだった。不仲の理由はいろいろのようだが、財産目当ての養子にとって、世間の評判の割に、祖父母の家には目ぼしい財産はあまりなかったことのようである。祖母の実家が材木問屋なので、その新家筋だからそれ相当の資産がある、というふれこみで養子にきたようだった。

不仲の祖父母に溺愛される以麻のことが疎ましく、親とは名ばかりの養子夫婦とはなぜかしっくりいかず、遠方から盆や正月に顔を合せても互いにひどくよそよそしかった。しかし、以麻にとって親などどうでもいいことだった。その辺りの下町の近所をざっと見渡

しても、短気な父親や子沢山でヒステリックな母親にけっこう邪険に叱られていたので親とは何と怖ろしいものか、親と一緒に暮さなくて本当に良かった、と、以麻は心底そう思ったものである。

便所は坪庭の奥まった片隅にあり、昼間はいつも庭下駄でいったが、夜の間は廊下の端に以麻のためにホーロービきのオマルが置いてあった。夜中に尿意を覚えてふと目覚めると、半ば口を空けた隣の祖母の寝顔は、死者のような土色だった。婆ちゃんが死んだら、自分は一体誰とご飯を食べるのだろう、とひどく追いつめられた気持になった。自分の父親は、熱田さんの日本武尊のように頼もしく、その上知的な風貌の近所のお兄さんのような人がいいし、母親は親戚のお鈴《りん》さんのように物静かでやさしい人が好い、と随分と勝手な選り好みをつのらせていた。

祖母が目を醒まさないように、そっとガラス障子をあけ忍び足で廊下を歩いた。まだ幼稚園ぼっこなのに防空演習の砂袋を運んだり、すっかり視力の衰えた祖母の針仕事の糸通しを手伝ったり、できるだけ祖母を庇ったりもした。祖父は以麻の知らない間に仏壇の中に納まってしまっていた。突然死のようで、幼い以麻にショックを与えない心遣いからなのか、通夜も葬式の当日も、彼女は親戚に預けられ、子沢山のその家の子たちとけっこう賑やかに遊び呆けて過ごしたものだった。

「じぃちゃん、のんの様にならしたわなん」

祖母はいつもの目薬をさす手つきで目許をふきながらいった。

「以麻ちゃ、春から学校は親許から通わないかんげな、ここから御浜御殿の神戸《ごうど》学校へ通う手続きもしたによう。親戚や近所衆がそれはさきざき以麻ちゃのためにならん、といわっせるでよう。以麻ちゃすまんが、そうしてちょうすか」

以麻は返事のしようがなかった。

「汽車に乗って、いつでも婆ちゃんが顔みにいくでよう。まあ力あれせんで、みんな衆のいわっせるようにするしか仕方あれせん。かねしてちょうえか」

祖母はひと息つくと更に話しつづけた。

「熱田の海で初湯をつかい、熱田さまの草薙剣や日本武尊さまのお護りを頂だぁあとるで、以麻ちゃは、どこへいっても負けえせん。のんの様にならしたじぃちゃんも、助けてちょうすで。以麻ちゃ、分ってちょうえか」

祖母のしみじみとしたいい方には、従わざるを得ない説得が籠められていた。祖母は彼女が養子夫婦になつかないことをひどく不憫に思っているようだった。

昭和十七年の彼岸すぎ、祖母と乗った二俣線の窓からは、どこまでも延々と広がる稲株の田んぼと、目にとまるのは藁屋根の農家ばかりだった。それは初めて目にする眺めだった。まるでひどく違った別の世界へいくような気分に襲われた。

## 一年ぼっこのつっぱり

そんな訳で、それまで土の道など歩いたことのない以麻は、小さな村外れの山の麓をさらに切り拓いた辺鄙な官舎から、川っぷちを四、五十分歩いてやっと町の入口へ辿りつく遠江二俣で、小学一年生を迎えることになった。しかし、いざ住みはじめると全てが珍しく、たちまち好奇心が頭をもたげてきた。養子夫婦との気不味《きまず》ささえどこかへ吹っとんだ。季節たけなわの桜もさることながら、校庭の初めて目にする罌粟《けし》の薄絹のような花びらにうっとりと眺めいった。

春風に　ひらひら落ちる　けしの花

一年生の以麻が初めて詠んだ俳句である。学校だよりに上級生の俳句がのっていたのでなんとなく五七五を真似て詠んだまでである。五七五の言葉あそびがけっこう気にいって、それからも気が向くと句を作った。

大空に　きらきら光る　月と星

季語などまるで頓着せず詠んだ冬の写生句のようである。

しかし、自分の気持をストレートに出す気質なので田舎では、学校でも近所でもすぐトラブルを惹き起す、ほんのささいなことなのに、級友が上級生の姉や兄に告げ口に走ると、彼らは仲間を従え大勢で一年生の以麻をとり囲んで威圧した。いいようのないショックだった。兄ちゃんや姉ちゃんのいる子はいいなあ、というある種の淋しさと羨望の入り混じったひどく錯綜した負けん気がムラムラと募ってきた。それからはどんな事にもひるまず、気に入らない時は相手が男子生徒であっても遠慮などしなかった。名古屋の家で祖父母と暮した以麻とはまるで別の人間になっていくようだ、と自分でも驚くほどの変貌を遂げていった。

「あのアマ、なんつう生意気だや、こらしめてやるづらか」

男子生徒らは上級生も混え、下校中に襲ってくる。生傷の絶え間がないので、親たちは呆れ返っていた。

「年寄り育ちはこれだから困る」

母が祖父母の悪口をいう傍から、

「一体全体、誰の血を引いとるのか」

父は可笑しな厭味をいった。官舎の悪童たちにも睨まれた。彼らは不意をついて追いかけてくる。しかし、どういうものか以麻にはイジメという意識はまるでなく、無勢と多勢のスリルある戦ごっこのような遊びのつもりだった。絵本でよく読んだ話の中にもそういうことは結構あったし、孤軍奮闘の末最後に勝利を果す話もよくあった。どんなにひどい目に合わされても、自分の好きな遊びに没頭しだすと、厭なことなどすっかり忘れてしまう。千代紙の着せかえ人形、おはじき、ぬり絵の他、新しい土地にきてからはいろいろと珍しい石を拾ってきては、それを砕いてカラフルな土に戻す石ごっこが殊のほか面白かった。学校で温床について習うと、庭や家の周りに種を蒔き、そこにガラスの破片を嵌めて発芽させるのがたまらなく面白かった。名古屋では畑など目にしたことがないので、その遊びにはひどく好奇心を煽られた。二棟つづきの官舎は、南側と北側にゆったりとした庭があった。とにかく新しい土地での一年ぼっこには、いろんな楽しみが一気に押しよせてきた。土筆つみやわらび採りにも夢中になった。年子の多い子沢山でいつも不機嫌な母も土筆は好物なので、それを口にするときは相好を崩して別人のように喜んだ。竹の子を掘ってくると地主が怒鳴りこんできた。とにかく石器人のように石で掘るから竹薮はものの見事に荒される。竹の子は以麻の大好物で、年に一度のご馳走なのだ。竹の皮に梅干を入れて三角形に包んで吸うのも楽しかった。

「竹薮でわらびを採ってもいいのに、どうして竹の子を採ってはいかんの」

というのが以麻のいい分である。

「まったく手におえん馬鹿だ。俺の子じゃないね。常識というものがまるでない」

一年ぼっこに向って父はそんな言葉を浴びせた。ジョウシキとは一体どういうことなのだろう、キョトンと首をかしげる他なかった。

竹の子泥棒という理由で、また悪童たちのターゲットにされた。母は編物が達者だったし、ハイカラな服装も以麻の興味を駆りたてたので、ガーター編から始まり、メリヤス編、ゴム編、袋編、鹿の子編など、次々とクリアした。一年ぼっこにしては器用である。やりだすと熱中する質なので、道を歩きながらでも編棒を動かした。そんなところを脇道から急に追いあげられ、転んだ拍子に竹製の編棒が折れ、親指の付根にグサリと突き刺さった。たちまち夥しい血が噴きだした。傷が治るとまた性懲りもなく悪童相手とやり合った。ひどく腹の虫の治まらないことがあった。悪童の家に駆けこみ母親にさんざん抗議した。そこは父の上司の家で、そのことが官舎中に知れ渡り、父の耳に入ると彼は動転して帚木をふりあげた。

「以麻ちゃは、何も間違っとらん」

たまたま名古屋から出向いていた祖母が、両腕に抱えこんで以麻を庇った。養子の父は上げた帚木を下ろすことができなかった。

……婆ちゃん、以麻のお父さんは、こんな人ではないでしょう……老いさらばえた祖母の腕の中で激しく問いかけていた。こんな風采の上がらない小心者が、自分の父親であってたまるか、としきりに思った。ケッコイ（美しい）子といわれている自分は馬の目のようだ、が評判の母にもまるで似ていない。以麻のお父さんは、絵本の中に出てくる凛々しくて知性にも優れた人なのだ、とイメージの中の父に縋っていた。

遠江二俣の駅は当時、軍用鉄道の拠点であったようで、山に囲まれてこれといった産業のない僻村にはひどく不自然な巨大な機関庫さえ備えていた。したがって職員も多く、山を切り拓いて作られた新設の官舎は五十軒以上もあり、独身寮や合宿所などもあった。官舎は農家も疎らな小さな村の畑によって隔てられていたが、その外れに一軒ぽつんと小さな農家があった。その家の姉妹は村の子たちとも遊ばず、いつも二人で庭先から外で遊ぶ村の子らを、じっと眺めているだけだった。

「やっさの家のおっかあは、火つけして気が狂って、牢屋に入れられとるだんね」

以麻にもそんな風の便りが伝わってきて、顔立ちも悪くないのにどこか淋しげな姉妹が仲間外れにされていることが、やっと飲みこめた。つっぱりで干され者の以麻の中に、只ならぬものがこみ上げてきた。藁屋根の傍の柿が赤い実をつけるころになると、

「柿がとってもきれいだね、名古屋では見たことないの。わたしも柿の実のお庭で遊びたいんだけど」

庭先で蓆を敷いて赤まんまや草の実、どんぐりなどの木の実でママゴトをやっていた姉妹に声をかけると、はにかんだ笑顔で迎え入れてくれた。

「けっこいオセイヨウだやあ」

以麻が袋からガラスのおはじきを取りだすと、目を輝かせるようにして、オセイヨウだ

といった。おはじきやお手玉など、ひとしきり遊んでる間に、陽はまたたく間に傾いていった。

「きれいな夕焼けだねえ。あしたもきっとお天気になるね、また、遊びにきていいかしら」

以麻が帰ろうとすると、父親が母屋から出てきて、柿とり棒をうまく使って、ほいほいと声を弾ませ実を落すと、二人の姉妹はうまくキャッチした。

「家で作った芋切干だんね。また遊びに来てくんないや」

まだそれ程の年でもないのに、胡麻塩をまぶしたような髭面で、父親は地蔵さまのような顔になった。天竜川が近いその辺りの畑は砂地なので、ギンダシ芋という鮮やかな黄一色の薩摩芋が特産だったようである。ふかすとべっ甲飴のような色になり柔らかく、とても甘かった。

「うんまい芋切干だねえ、こんなの初めて」

べっ甲色の少し生乾きの芋切干は水飴のように美味かった。配給の菓子類は豆菓子のような不味いものばかりだし、生めよ殖やせよの戦時体制の国策にそって、馬鹿正直に立て続けに何人も赤ん坊を生んでいた母は、子育てに追われいつも苛ついていたが、やっさの家の柿や芋切干を頬張る彼女は、まるで別人のようにあどけない少女のように嬉しそうだった。以麻は少し親孝行したような円やかな気分になった。

韓国人の花子さんはいつもみんなからつき倒されたり蹴られたり、ひどいイジメにあっていたが、教師はそれを別に止めようともしなかった。花子さんは栄養状態もわるいようで泣く気力すらなく、こんにゃくのようにされるがままになっていた。そのことが面白いとみえてイジメる側は更に痛めつけた。

その地方では春にふきだす桜の樹脂をとって固め、それに唾液をつけて糸状にのばし、指に巻きつける遊びが少女の間ではやっていた。

「これ上げる。いっしょに遊ぼう」

と琥珀色の樹脂の固まりを見せて声をかけると、花子さんは、黙って以麻の側から離れていった。群れにはすんなりと靡かず一匹狼を通す以麻から庇いだてされるより、どんなにひどい苛めにあっても、大勢の方にくっついていたかったようである。鼻つまみの一匹狼と仲良しになるということは、かなり度胸のいることらしかった。

イジメに加わるのは大方ふつう以下の者たちだった。トップクラスの連中は加担もしない代わり、教師と同じように止めたりもしないし、まして以麻のように情をかけたりもしない。小学一年生にして、すでに大人社会のマナーを身につけていた。その上子供なりに肝が据わった感じでもある。以麻は優等生を見習ってもっと肝を鍛えねば、と妙な羨望に駆られだした。どうも自分はオッチョコチョイなだけで、まるで肝が据わっとらんと思った。肝の据わった級友たちに近づけば、そのオーラが自分にも伝わるかも知れない、としごく単純に考えた。全優が評判の松井貴子は近より難く、みんなから松井さんと敬称で呼ばれ一目おかれていた。こんにゃく屋の太田たつ江は、いかにも肝の据わったドッシリ型だが、みんなからたっちゃんと呼ばれて気さくな一面があった。家は学校の側の賑やかな町筋である。

「これからたっちゃん家で、いっしょに宿題やりたいんだけど」

と声をかけると一瞬ためらったようだが、

「うん、いいよ」

といってくれた。三和土《たたき》の店の仕事場は広いが、なぜかあっけらかんとして仕事などしてないようだった。こんにゃく芋は風船爆弾の材料になるらしく、こんにゃく屋には原料の配給が乏しくなったようだ。その当時の毬はすでにゴム製でなく形の歪《いびつ》なものが多く、ついても変な方向に外れることが多かった。どうやらこんにゃく芋製の毬だったようだ。アメリカが原子爆弾を完成した時点で、日本軍はこんにゃく芋の風船爆弾づくりに励んでいたのである。戦争とはそんなものだ。

宿題のあと桜のやに玉で遊んでいると、じみな身なりのひどく年の更った母親が、

「あした習字があるずら、宿題おえたら習字の稽古をやるだ」

たつ江に似てどっしりとした風格の母親は何の愛想もなく、完全に以麻を無視している。たつ江も以麻など苦手の口である。調子外れの彼女がいざこざを起すたびに、上級生の兄姉がかけつける場面を目の当りにしているからだ。母親も当然そんな風評は知っている。その上以麻はヨソ者である。

「わたしも、家に帰って習字の練習するわ」

といって早々に引き揚げた。なんと可愛気のないおっ母さんなのだ。家を出たあと、イーと顎をしゃくり上げたい気持に駆られた。

町筋を外れ川沿いを一人で歩いていると、しきりと祖母のことがせり上がってくる。

「よういりゃしたなん、また以麻ちゃと遊んだってちょうえも」

としみじみと情の籠もったいい方をする。あられ、へぎ餅、鬼まんじゅう、炒り米の黒砂糖菓子、など季節のおやつもみな祖母の手作りで、以麻の友だちに心をこめた持て成しを

する。たつ江の母親とは雲泥の差である。ひとり娘の上に都会育ちの母も、田舎の母親たちとまるで違い、脆い気質のようだった。

# 二　矢奈妓楼のお多代ちゃん

## 泣くな、女弁慶

そんな以麻になぜかしきりと近づいてきたのは、町の目抜通りに堂々と唐破風屋根を構えた立派な遊郭の多代ちゃんだった。彼女は出来る部類ではないが、絶対に花子さんのイジメに加わったりしなかった。

「以麻ちゃん、わたしん家《ち》で宿題やらまい」

と声をかけてきた。いいよ、というには少し勇気がいった。二俣川の橋の上を日本髪のお女郎さんが、朝風呂の帰りらしく桶などを抱え、品を作った遊女特有の歩き方で数人連れ立って歩いているのを、登校中によく見かけたのである。退廃を帯びた目は投げやりで、子供心にもいいようもなく不快だった。芸で磨きあげた芸妓さんのような粋な緊張感がまるでない。祖母は和裁の腕を見こまれて一流筋のある芸者から仕立物を頼まれていたので、以麻にも芸妓さんのことは、それとなく分っていた。

「あの芸妓さんはよう、お茶、お花、書の他に和歌や俳句も詠まっせるわな。一流の芸者衆というお人たちは、修業につぐ修業だわなん」

祖母はそんないい方もした。

お女郎さんと反対の方向から威張った歩き方で、カーキ色の服と長靴の軍人が通りすぎる。絵本の中の若武者のような凛々とした冴えも知性の気配もまるでない。カーキ色なんてウンコ色ではないか、威張った歩き方も何もかも気に入らない。多代ちゃんの家の隣は遠州閣という大きな料理屋で、その辺でも軍人たちの姿をよく見かけた。そんな訳で多代ちゃんにせつかれても、すんなりと頷くことが躊躇われた。

「ねえ、一緒に勉強やらまいて」

あまり熱心に誘うので断りきれず家までついていった。入口からすぐ明るい帳場になっていて、謄写版には原紙が張られたままだった。学校の職員室で見たことがある。そのことが以麻の好奇心をひどく擽《くすぐ》った。

「多代ちゃん、これ、どうやってやるの」

多代はローラーを当てて訳もなくやって見せた。宿題などいい加減にすませ、奥まで西陽の差しこむ帳場でひとしきり遊び呆けた。彼女は田舎の子にしては珍しく開放的な明るい性格で、次々といろんな遊びをくりひろげる。西陽が傾きだすころになっても、誰ひとり帳場に顔を出したりしなかった。親や兄弟がいるのかいないのか、とにかく彼女はこんな風にいつも一人で過しているらしかった。田舎の子にしてはこざっぱりと垢ぬけた身なりはしているけれど、こんにゃく屋のたっちゃんたちに較べると、どことなく淋しそうである。夕暮の気配がしだいに深まってくるので、もう帰る、というと、

「以麻ちゃん、とっても楽しかっただに、また遊びに来ておくんない、指切りだんね」

多代ちゃんは、ひどく迫ったいい方をした。そして橋の袂までついてきて、

「また、来てくんないね」

赤々と沈む夕陽に向って大きく手を振った。

もうお女郎さんは通らないが、橋の上をカーキ色の軍人だけがまた通っていった。

指切りをした通り、以麻はそれからも多代ちゃんの家に寄っては宿題をやったり、遊んだりの道草をよくやった。

「以麻ちゃんと宿題やってると、教室の勉強より面白いだんね」

彼女はそんないい方をした。

橋を渡るともう町外れになり、豆腐屋、かしわ屋とならび床屋を最後に川の土手を歩くことになる。夕陽はしだいに青みを帯び、自分の周りにひたひたと夕靄がたちこめてくる。ついこの間まで黄金色に稔っていた稲穂はさわやかに風とたわむれていたが、すっかり刈り取られた稲株の田は、一面墓標のように拡がっている。土手の枯れ草は、まるでお通夜

のようにカサコソと佗びし気に鳴っている。通学仲間と一緒なら、駈けっこをしたり、しりとり遊びもできるのだが、矢奈伎楼の多代ちゃんの所で道草をしたのだから仕方ない。そんな風に心細く歩いていると、後からドタドタと幾人か駈けよってくる足音がした。

「おんしゃあ、こんな時間までどこで道草やってただ。道草は不良のやることずら」

五、六人の上級生の男子生徒が悪態口調で詰めよってきた。中には春先に同級生と小競り合いになったとき、助っ人で駈けつけた兄貴分の仲間も混っている。

「おんし、春にゃ地主さん所の籔で竹の子盗んだげなだな、今度は何の悪さするつもりだや」

「こいつは、矢奈伎楼のお多代とえろう仲がええつうこった」

「そうか、おんし矢奈伎楼のお多代ん所で、今日もオツンビーのこと聞かされとったんか」

「オツンビー、そんなこと知らん」

以麻が怪訝そうな目を向けて質すような口をきくと、少年たちは卑猥な笑い声をたてながら、指と指の間から親指をニョキッと立たせて見せた。それはひどく下品なイメージだったが、以麻は何も想像できなかった。山で山犬（狼）に会ったらすぐ木に登れ、と学校で聞かされるように、その辺りは耕地面積も少なく、貧しい農村であるようだった。以麻が名古屋で見慣れていた、メンコやビー玉といった少年の遊びなどまるで見かけなかった。下町では駄菓子屋へかけこめば手頃なおもちゃは容易に手に入ったし、雨の日はコリントゲームやはさみ将棋なども楽しんだ。少年たちの下品で隠語めいたオツンビーという言葉の意味など分りようがない。

「お多代の家はオツンビーで金持ちになっただ。お多代も大人になったらあの家の跡をとって、お女郎にオツンビーを教えるだ。おんしも少しは教えてもらったずら」

「そんなこと、していない」

「じゃあ、こんな時間まで何やっとっただ」

「謄写版を教えてもらったり、宿題やっとった」

「嘘つけ」

「嘘じゃない。嘘か本当か多代ちゃん家へいってきいてきな」

「あんな汚い所へいけるか。バイキンうようよしとるぞよ。あの恐ろしい病気には効く薬ものうて、病気にかかったら最後、みんな腐って死んじまうだ。ほだで、みんな多代の側には寄りつかんし、遊ばんのじゃ」

少年たちはひどくおぞまし気ないい方をした。

「多代ちゃんはバイキンじゃない。意地悪もしないし、とっても親切で良い子だよ」

多代のことをバイキンといわれたことで、ムッとした。

「そういやーこいつ、お多代とおんなじで訳ありだか知れんぞい」

上級生の少年たちは口々に以麻に向って挑発的な言葉でぞめきたてる。

「訳あり？　それ、どういうこと」

「訳あり、つうのはなあ、お多代は妾の子だや、きちんとした本妻さんは、それが因で首吊って死んだんじゃ。おんしも訳ありだかや」

面高のおっとりとした顔立ちで、奥二重の鈴を張ったような目は人なつこくあどけない。気立てのいい多代ちゃんの悪口をいうのが許せない。

「わたし、訳ありと違う」

「ほなら、なんで突然名古屋からやってきただ。おんしの婆さんはいつも名古屋もんの恰好をして、この辺の衆らとは口をきかんげな。妾の子でなければ、あの婆さんの家の前に捨てられとった捨て子ずら。おんしが手に負えん横着者になっちまったで、今度はあの鉄道官舎へ捨てられに来たんじゃ。図星ずら」

「違う、捨て子と違う」

「だったら、父ちゃんや母ちゃんに大事にして貰っとるだか」

以麻は言葉に詰ってしまった。

こちらの父や母から大事にされるどころか、何かにつけて調子外れの以麻は、親たちからのべつ迷惑がられている。そんな日常を彼らは、壁に穴を開けて覗いているかのようによく知っていた。以麻の頭の中は湯気が湧きたって、まるで何も分らなくなった。覗き見や陰口という閉鎖的な農村のマナーを、子供のころからすでに身につけているらしい。列車の窓から眺めたのどかな農村風景とはうらはらに、意外とそこは隠微な面を隠し持っているようで、田舎とはなかなか難儀な所だと思った。

多代ちゃんのお母さんは隣の遠州閣という料理旅館でも仕事をしているのでとても忙しいということで、二人の前に一度も姿を見せたことがない。

「若い女中さんたちが大勢田舎へ引き揚げていくから遠州閣は人手が足らんだんね。田舎から若い男の衆がみんな兵隊さんにとられて戦地へいくもんで、百姓の仕事をする人がいなくなったずら、だから順ぐりでその分、お母ちゃんらが忙しくなっただよ。お母ちゃん、朝早くから働いとるよ」

そういって多代はおやつなどを、いつも自分で運んできた。

「でもお母ちゃん、お寺参りが好きだで、そういう時だけ特別におばさんを頼むだんね。春や秋に泊りがけで、八十八ヶ所や金比羅さんへお参りにいくだよ。これ、その時のおみやげだんね」

といってご飯杓子の形をした煎餅やその地方の珍しい菓子などを出してくれた。

二人は大きな杓子煎餅をかじりながら笑いころげた。

「わたしのお婆ちゃんも、お詣りが好きだよ。お伊勢詣りをした時は生姜糖だったり、京都の清水さんへいった時には八ツ橋やいろんなおまんじゅうや羊羹を買ってきてくれるよ。それでね、おみやげをお供えして、いつもお念仏お唱えしてるよ」

「うちのお母ちゃんも、毎朝早くお仏壇にご飯やお茶を上げて、お経を誦んでるよ。八十八ヶ所でみんなと一緒にお経を習ったんだって」

二人は意外な共通点が見つかると、更に睦まじくなっていった。多代ちゃんはどことなく淋し気なところもあるが、それだけに情がこまやかである。宿題を一緒にやる他、以麻の習字がいつも廊下に張り出されるので、

「わたしも一度でいいから、習字が張り出しになってみたいやあ」

といって一緒に習字の練習を頼まれることもあった。

年寄り育ちはやりにくい、と以麻に手こずる度に親たちはよくいった。捨て子だろうか。でも祖母は、以麻を捨てたのではない。本来は名古屋の学校へ就学の手続きまで済ませていたが、親戚筋などの意向で突然それを変更したということを、祖母はひどく嘆きながら話してくれた。そこは明治の小学校令の出たころ、尾張徳川家の浜離宮の跡地に建てられたという評判の高い小学校だった。熱田神宮をひかえ東海道宮の宿として栄えた交通の要衝だったので、当時熱田は東海地方きっての経済のメッカでもあった。東部よりの名古屋はまだ森林つづきの丘陵地帯や低地に田畑が点在する農村部だったのである。そんな訳で浜離宮跡の小学校は熱田の豪商の子弟も多く集まる名門校でもあった。すぐ側には家康が幼少のころ人質として預けられた熱田の殿様、加藤図書守の屋敷があり、その子孫は日露戦争のころ、第三師団の師団長を務めていた。また隣接した町内には頼朝の生誕地もあった。生母の由良御前は熱田神宮の宮司家の由良姫であり、頼朝の出産は世の慣いで熱田の実家でしたのである。熱田神宮の宮司は代々藤原氏一門が務めていたことから、熱田神宮の大祭の蓮台御輿の調べはゆるりと雅な京風で、とーとーたらりとーたらり、と笙ひちりきの調べに合せ、いたって閑雅に目抜通りを練り歩く。しかし、ゆるりとしたお公家風は、時代の波にうまく乗れず、零落の果てにお公家さん崩れ、と呼ばれる人々も少なくなかった。時代の波で落ちぶれたとはいえ、祖父の先祖も、前田利家が幼名をまだ犬千代と名乗っていたころ、名古屋の荒子城で養育係を務めた家柄だった。第三師団長の加藤景視男爵とは、身分の隔たりこそ格段であるが、同じ士分としてどこか気脈が通じるものがあったと見えて、男爵の記憶に留められたようである。そんなことから大店の店主は名古屋の第三師団本部の事務方に用のある時は、決まって祖父を出向かせた。あるとき師団長に挨拶をすませ帰りかけると、城内を散歩中の日露戦役のロシア人捕虜がやってきて、スイス製の時計を十円で買って欲しい、としつこくせがまれた。祖父はなかなか入手困難な舶来の時計を、五円なら買うと値切った。しかし、人柄の良さそうな祖父に狙いを定め、どうしても十円以下では手放さないと強気であった。ロシア人は祖父がその時計に気のあることを見抜いていたようである。気質的に自由を重んじる祖父は好みも洋風であった。牛乳に始まり、カステラやロールケーキの洋菓子類、ケチャップ、カレーライスにコーヒー、揚句の果てには刺身をソースで試食する程だった。そんな洋風好みが嵩じて、ついにそのスイス製の時計を十円で買うことになった。ところがそのことがばれて祖父の店は一年間の取引停止処分を喰らう破目になった。しかし、祖父が師団長の私邸に詫びに出向くと、一年の取引停止が三ヶ月に短縮された、ということである。

捕虜が師団本部の城内を自由に散歩していたり、明治のころの軍部は実にのびやかで、まだ自由な空気が満ちていたようである。軍人たちも人格者が多く、軍隊そのものがまだ官僚化されていなかったからだろう。

祖母は折にふれて、以麻にそんなことを面白そうに何度も話してくれたものである。

「だによって以麻ちゃ、お前さんは、みんな衆に習っていい加減をしてはいかんよ。おじいさんのご先祖様のお家筋のことを忘れさんすなよ」

と最後につけ加えることを忘れなかった。そんな訳で幼いころから、以麻の中にある種のエリート意識が芽生えていたのは否めない。

## 母の集めた毛糸

名古屋の学校への入学手続きが突然変更になったことなど、田舎の悪たれに話したって仕方ない。以麻が黙って歩き出そうとすると、悪童たちは取り囲んで通そうとしない。捨て子でなければ名古屋へ帰れとか、こっちにいたけりゃ三べん廻ってワンをしろとか、どうかお頼み申します、と手をついて土下座しろ、とかさんざんほざきたてる。しかし、以麻が昂然と無視をして突っ切ろうとすると、押し倒したりのイジメが始った。さらに乱暴がエスカレートすると、以麻も負けてはいなかった。少年の手に力かぎり噛みつき、血液が口の中に拡がると相手の顔に吐きつけた。激痛にたまりかねた少年はわめきたてて逃げだした。

「このアマ、やりゃあがったな」

リーダー格の少年が猛烈な往復ビンタを浴びせ、倒れた所へ他の連中も踏んだり蹴ったりやりたい放題をする……こんな者らに負けてたまるか、と歯を喰いしばると自ずと下腹に力が入り、却って呼吸が整ってきた。そしておもむろに習字箱から文鎮をとり出した。以麻の中にかって覚えたことのないマグマが、得体の知れない憑き物のように噴き上げてきた。リーダー格とおぼしき少年の向う脛めがけ骨を砕く勢いで一撃を喰らわした。ヒェーという悲鳴と共に仰向けにひっくり返った所へ更に文鎮で打ち据えた。少年は犬の鳴き声のようなキューンという声を上げて下半身を抑え、えびのように丸くなってしまった。

幼稚園のころから近所のちょっとした習字塾へ通っており、その時から使っていた文鎮だった。ところどころ緑青がかかり青竜刀を模したなかなかの代物である。

「師匠は人品が大事、字といっしょに人品も習わないかん。それに道具も選ばんとな」

ということで、祖父から与えられた伝来物の文鎮だった。師匠の徳さんは書道塾などつい頼まれごとの内職で、本業は祝儀物や宴席向きの鯛などの出世魚を専門に焼く焼物師だった。書の方はかなりの腕前で、温厚な人柄を見込まれ、近所から頼まれて子供相手の習字塾を週に一度くらいやっていた。

「以麻ちゃんの文鎮は、なかなかと上等だなん。頑張りゃあよ」

といつも笑顔を向け、手をとって教えてくれた。

柄を掴んでびゅんびゅん風を切るように青竜刀をふり廻したり、逆手に構えて切先を向けたりすると、少年たちはみな情けない奇声をあげてちりぢりに散っていった。リーダー格はどうやら急所を打たれたらしく、下半身を抑え背を曲げて、ヨタヨタと逃げていく。

官舎の近くに広いグランドつきの独身寮があり、大人用の高い鉄棒があった。官舎の子供は誰もその鉄棒で遊んだりしなかった。以麻は初め木登りの要領で鉄棒によじ登り、片足回転やいろんなことを倦きることなくやった。痩せっぽちの身軽さと男子の天然記念物に邪魔されない分、彼女は鉄棒を股に挟んで全身回転を連続でやったりした。まるで自分が鉄棒を芯にした独楽になっていくようだった。そのせいで股や膝裏がすりむけ、その擦り傷もいつの間にか消えその分皮膚が丈夫になった。そのせいか少年を相手の喧嘩にも驚くほど俊敏に躰が動いた。そんな喧嘩の最中に、自分がしだいに絵本で読んだ牛若丸や一寸法師に重なっていった。頭の中で、京の五条の橋の上、大のおとこの弁慶は、という歌のメロディーが響きだす。ここと思えば又あちら、燕のような早業に、鬼の弁慶あやまった、と最後の歌詞に魅了され以麻は半ば有頂天気分に襲われだしていた。すると少年たちへの敵意すら薄れていった。そんな彼らを尻目に、以麻はすっかり陽の落ちた川っぷちを全速力で駈けぬけた。全身に痛みがきしみ出すと、初めて涙があふれてきた。

「こんな時間まで何しとっただね。また、けんかかね。せっかくの新品のセーターが泥だらけだがね。それにその顔、まるで人喰人種みたいだわ。また、みんなから悪口いわれんならん。本当に厄介な子だねえ」

全身がづきづきと患くのに母はそんなことに頓着せず、以麻の異常なまでの道草を叱りつけた。鏡を見ると、土にまみれた顔は口の周りに血がこびりついていた。膝小僧もすりむけて血が滲んでいる。

「おんし、父ちゃんや母ちゃんに、大事にされとるだかや」

鏡の中からしきりと問いかけてくる。

編物の達者な母が工夫をこらして編んでくれるセーターや手袋などの小物類に至るまで全て気に入っていた。背中に赤ん坊を背負い、僅かな隙を縫うようにして以麻の物を編むことは、義理の仲である祖母との確執や、日常のさまざまな気苦労から逃れられる束の間の安らぎであったのかも知れない。戦時中、配給制度が始まる直前に編物の好きな彼女は、手あたり次第毛糸を買いに走った、ということである。まるで絵描きが集めた絵具のように若い母親の好みとカラフルないかにも少女向きの毛糸が殆どであった。戦争のためあらゆる生活物資が身の周りから消えるという得体の知れない不安の中、少しでも美しい物を求めたいというある内面的な希求であったとも考えられる。次々と自由が奪われ、閉塞感がつのるばかりの時代、母の編物は、ある内面的な灯りなのかも知れなかった。手仕事やほんのささやかな趣味というものは、深く内面の係わることがあるようだ。それは一見意味がないように見えても、本人も自覚し得ない深い無意識層の知性に促されるものと考えられる。そのような根源的な知性が呼吸するとき、人は喜びの中にいるのだろう。そんな無意識の芸術家はどこにでも結構いるようである。以麻のオーバーはココア色の模様編みで、衿から続く黒のネクタイというシックなモードは人の目を瞠らせた。かなりゆったりとしたサイズで、二十年三月の夜間空襲の時も十歳の以麻はそのオーバーを着て逃げのびた。家はその時に焼け落ちた。泥まみれになったセーターは、ラグラン袖の腕から胸元に黄色とブルーをあしらい、ネックはゴム編仕立てで、先にボンボンをつけた紐がついていた。モダンなセーターと、いって以麻はひどく気にいっていた。それを泥まみれにされたことが口惜しかった。母のとげとげしい叱り方を差し引いても、母への申訳なさと悲しさが幾重にも交錯する。中でも、それを着ると自分がさながら花になっていくような、赤に白のネップをより合せたパフスリーブの半袖セーターのことなどを思い浮べていた。夏の初めのほんの短い間に着るだけのものであるだけに、愛着が深い。官舎の庭先で初めて咲かせた大輪の芍薬を惜し気なく切って学校へ持たせてくれたのも嬉しかった。その時も赤に白いネップのパフスリーブの半袖セーターだった。二俣駅で降りた二俣高女の女学生たちが、以麻のその姿を目にとめて、

「お花もお洋服も素敵ね。お母さんがお作りになったの」

と声をかけてくる程だった。

苛立ちの多い母の中に、時として眩しい程の真心を覚える瞬間がよくあった。

……以麻は、大事にされている……

泣きくたびれて無惨な自分の顔に向って以麻はそう宣言した。

「乳が張って痛くてね。以麻ちゃん、絞ったこの乳を山の木の根っこに上げてきて、そうすると良い乳が出るそうだから」

と母はいった。大きな鉢にたっぷりと入った乳を杉の木の根にかけながら、母親ということの辛さが初めてずきんと奥深く滲みてきた。母がこの上なく不憫に見えた。と同時に泣く子に邪険に当りながらも、その子に良い乳を与えたい、と願う矛盾を合せ持った母親の複雑さに、いいようのない戸惑いがこみ上げてくるのも事実だった。

平常はひどく出不精の祖母だったが、田舎へ出した以麻のことが余程気になると見えて大きな信玄袋を携え、何時間もかけて名古屋から時々やってきた。すると母はクダクダととめどなく以麻の道草ぶりを並べたてる。

「そうきゃあ、それは元気な証拠だでよう」

と祖母はさらりと受け流すだけだった。手のかかる何人もの育児に追われ続ける母が、のべつヒステリックに幼い弟たちや赤ん坊に当りつけるのを見て、

「憂いことになん、気の毒になん。子が泣くのはそれだけの訳があるだで、そうのべつ苛ついとったら、丈夫な子は育てせん。ほんとに食べる物も遊び道具もままならんご時世だ

で、子らたちもみんな難儀なことだわなん。憂いことになん、よし、よし」

祖母が懇ろな言葉をかけると、幼い弟たちにも通じるのか、祖母の膝ににじり寄ってきた。祖母は以麻だけを目にかけるのではなく、短い滞在期間にも弟たちや赤ん坊の面倒もこまめに見るやさしいお祖母ちゃんだった。自分たち夫婦は子供に恵まれなかったが、大勢の孫たちに囲まれる子孫繁栄ぶりが余程うれしかったようである。

# 三　天竜川の渦のように

## 村八分のやっさ姉妹

近所には以麻と気持よく付合ってくれる少年たちも結構いた。隣の家の義和くんはとても愛嬌のある剽軽者だが、家の中でのいたずらがひどいと見えて、お母さんやお祖母さんからヨシカズ、ヨシカズとよく怒鳴られているのが、庭先から聞えてくる。伊勢方面の大百姓の跡取娘なのだが、官舎暮しになかなか馴染めなくて、そんなことから義和くんに八ツ当りをするらしい。おとなしい妹の澄子ちゃんの方が可愛がられるのが、義和くんには面白くないようだ。朴訥で世馴れていないので官舎夫人たちと話すのがとても苦手のようで、家から外に出たがらない、ということだった。名古屋から出向いた折に祖母が挨拶に伺うと、物おじする質だが丸ごと田舎の純朴な人柄だと、祖母はひどく好感を持ったようである。そんな訳で伊勢方面の実家から母親がよく手伝いに訪れているようである。そのお婆さんも伊勢地の実直な人柄で、常には義和くんを坊々といってとても可愛がっていたが、家の跡を継がせる孫息子とあって躾には厳しく、イタズラ者の孫を容赦なく叱ってい た。母親とお婆さんの伊勢訛りの怒鳴り声は聞えるが、父親の声などまるで聞えない。父親からはきっと目一杯やさしくされていたのだろう。とにかく底ぬけに明るい剽軽者だった。お婆さんも常には坊々と慈しみをこめた呼び方をするので以麻の家では、隣の坊ちゃん、で通っていた。以麻より一つ年上だった。官舎は五十軒程だった。

少し離れた棟に住んでいた曽山くんの兄弟とも仲がよかった。富山地方の方言がなかなか抜けないお母さんも、官舎夫人が苦手のようだった。官舎という職員宿舎は、階級意識やおべっかや要領のはびこる閉鎖社会である。官舎暮しが苦手という母親の子たちと以麻は、どういう訳か気が合った。夏になると気の合う同士、線路づたいに天竜川まで泳ぎにいった。山間部の鈍行駅にしては珍しく、二俣駅の前は当時としてはしゃれたロータリーになっていて、日通の倉庫も幾棟もあり、新設された道路は軍用トラックがフルスピードでビュンビュン走っていた。その度に大玉の砂利石が弾のように飛んでくるから厄介である。リヤカーも自転車もまるで通らない。むしろ人など通ってはいけないムードさえあった。そんな光景から、天竜川の上流の秋葉山の奥に巨大な軍用施設が作られているらしいことなど、子供たちにも察しがついていた。とにかくモウモウたる砂塵をあげて、軍用トラックばかりが終日通っているのである。そんな訳で線路づたいに歩いていく方が気が楽だったし、天竜川への最短コースでもあった。子供の足で三十分とかからない。曽山くんのお兄さんは、

「この辺も、昔は天竜川が流れていたかも知れないよ。だからこの辺の石は柔らかいし、畑だってどこも砂地だから、麦やさつま芋しか出来ないみたいだよ」といっていた。

列車の接近を知るには線路に耳をあてて距離を計った。列車が近づくと一斉に土手へ身を伏せる。

「今の汽車、窓にみな黒い布をかけていたけど、中にはどんな人が乗ってるのかしら」

訝しそうに以麻が一人言のようにいうと、

「日本の兵隊さんではないずら」

と五年生の曽山くんのお兄さんがいった。

「どこへ、いくだや」

やはり義和くんが不審気に呟くと、

「きっと山奥へ、軍隊の仕事を手伝いにいくずら」

曽山くんのお兄さんがまたいった。そのあとみんなしーんと黙りこくって歩いた。窓一面に黒い布で覆い隠されていることが、ひどく不気味で怖かった。

天竜川の岸辺には蛇屋が河原に蛇を干していたので、あたりには変に生臭い臭気がたちこめていた。一瞬以麻は立ちすくんだ、しかし待ちこがれた水遊びの歓喜は、蛇の晒し場さえ訳もなく通らせた。他には都合の好い岩場がないので、そこを選ぶしかなかった。浜名湖が近いので、潮が満ちてくると、靴や服を置いた岩場が目の当りに沈みかける。それが水から出るサインであった。

帰りもまたいつものように線路づたいに歩くのである。トンネルの中を歩いていると、犬の死骸が壁際に置かれていた。以麻は目をそむけて逃げだしたが、少年たちは死骸に近づいていき、列車に轢かれたのではない、と囁き合っていた。列車の窓の黒い布や犬のことを家で話すと、線路を歩いたことがばれてしまうので、子供らの間では秘密にすることが、暗黙の了解となっていた。

「赤犬の肉は滋養が高く、特別に元気がつくもんだから、力仕事をする人が食べるらしい。あれは保線区の曽山さんの仕業のようだ」

という風評がいつの間にか官舎中に立ちだした。

「あんな良い人たちを、なんで悪口いわんならん。本当に官舎の奥さまは奥がクッサイわ」

たまたま名古屋から来合せていた祖母が口惜しそうないい方をした。それから曽山くん兄弟を何度誘っても、天竜川へ泳ぎにいくことはもうなくなった。上級生で水泳の得意なお兄さんは、足の届かない所までいって泳ぐのがとてもうまかった。

「下級生たちは、ここまで来ちゃあ駄目、岸辺だけで泳ぐだ」

といつも以麻たちを気遣ってくれていた。


自分の家で鶏を飼っている農家でさえ、とり肉など祭とか大切なお客とか、何か特別なことがない限り、滅多に口にすることのできない時代である。庶民の日常の蛋白源はもっぱら魚で、それも鯖や鰯などの大衆魚の類である。玉子でさえ贅沢品の部類で、籾殻を敷きつめた箱に入れて病気の見舞いや、折々の手みやげにしたくらいである。まして物資統制令で食糧品が配給の戦時中は、肉類は一層手に入りにくい。そんな時代、滋養効果が高いといわれる赤犬の肉が、人の気を惹くのも無理からぬ話である。人目を忍んで犬の肉を食べる者が、田舎ではけっこういたのかも知れない。夏の暑い時期、トンネル内で犬の死骸を一時保管し、夜陰にまぎれて解体をするつもりだったのだろう。線路の保守点検が保線区の仕事という理由だけで、単純に曽山さんの仕業とされてしまったようである。曽山くんの純朴なお母さんは富山訛りに気おくれして、官舎夫人ともあまり付合いがなかったので、ターゲットにされた理由のようだった。そういうことが一年生の以麻にもピーンときた。官舎にはまだ特効薬がないとされた肺結核など、病弱な息子や娘を抱える家族も少なからずあった。犬の肉を食べることが、上辺は上品な人たちの仕業でない理由などどこにもない。それに地元の住民かも知れないのだ。

以麻のことが気になると見えて、ひどく出不精の上もう七十に手がとどく祖母は、はるばる名古屋から遠江二俣《とおとおみふたまた》までよくやってきた。大きな信玄袋の中には、以麻の喜びそうなみやげが一杯詰っている。末の妹の旦那が市会議員の上、大政翼賛会の幹部も兼ねていたので、どうやらその筋から調達してくると見えて、もう一般の手に入らない羊羹、キャラメル、有平糖、黒糖菓子など子供の喜びそうな菓子類をたくさん持ってきた。庭で曽山くんたちと石ごっこをして遊んでいると、

「以麻ちゃと、仲よう遊んでちょうして、ありがとなん」

といって彼らにも惜し気なく菓子を振舞った。子供たちはもう滅多に口にすることのない贅沢な菓子類を少しだけ口に入れ、残りをポケットに仕舞いこむと、

「ええで、まっと食べやあ、また大政翼賛会から、たんと貰ってくるでよう。お家のおみやげも上げますに」

と祖母は別の紙包みを持たせた。暫らくたつと曽山くんのお母さんが、実家から送ってき

たといって、岩のりやするめ、干物の他に珍しい鰯の糠漬などをお礼に持ってみえた。鰯の糠漬はとても美味で、祖母はそれでお茶漬けするのが好きだった。曽山くんの家は、赤犬の肉など食べなくても、親戚から富山地方の海幸山幸をしっかりと送って貰っていたのである。

水遊びが好きで毎日でも泳ぎにいきたい以麻だったが、赤犬の一件があってから、お宮の裏の小川の淵で、ひとりきりで泳ぐようになった。小さな社殿の横の小径は、両側が陽のよく透る竹薮になっていたので、葉群の音さえさらさらといつも爽やかに鳴っていた。そこを一人で歩いていると、自分がまるで、かぐや姫の再来であるかのような気分にさせられる。流れの隅の小さな窪みは碧く澄んだ天然のプールのようで、めだかや水すまし、あめん棒などがすいすいと泳いでいた。ひとりでに顔がほころび、ひどく安心して時を忘れるほど泳ぎつづけた。

春には急勾配の社殿の石段を登りつめた所に椿の大木があり、花を集めて蜜を吸って廻るのが楽しみだった。秋になると勤労奉仕のどんぐり拾いがたまらなく面白かった。学校から帰るといち早くお宮へ駈けていき、思う存分どんぐり拾いに夢中になった。風がひと吹きする度に、どんぐりの新しい実が面白いほど落ちてくる。そんなことに喜々として夢中になり、袋もポケットもどんぐりで一杯になった。しかし、引き揚げるころになっても、誰もそのお宮には現れず、以麻はずっと一人だった。しかし、そのひとり遊びが、たまらなく楽しかった。集めたどんぐりは学校へ持っていくのである。

「たくさん拾ってきましたね、みんなお国のためになるのですよ」

以麻が教師に褒められるのは、それくらいのことだった。

いつもはまるで人気のないお宮に、どっと人が押し寄せるのは年に一度の秋祭の日であった。小高い社殿の上から餅が撒かれ、下の舞台では甘酒や煮豆が振舞われた。いつもはひっそりしている村のどこに潜んでいるのかと思われるほど人の集まりは多く、手が四本も六本もあるような伸び方で、競うようにお椀などを差し出している。そして目を細め至福の表情で口に運んでいく。凄まじいばかりのエキサイトに以麻は訳もなく怯え、泣きだした。群衆のボルテージに途方もなく弾かれ、自分の居場所がとつぜん奪われていく、何ともいいようのない喪失感が押しよせてきた。無勢に多勢の喧嘩にも泣いたりしないのに、秋祭の群衆の歓喜の渦が訳もなく耐えがたかった。

「みんながこんなに喜んでる時に、この子は何でこんなに泣くんだろう。この天邪鬼が」

背中に赤ん坊を負ぶい、両側に弟たちを従えながら、母は半ば腹を立て困り果てているようだった。童話の本で読んだ天邪鬼の話が甦ってきた。母のいう通り、やっぱり自分は天邪鬼そっくりだ、と思うと余計かなしくなって大泣きした。天邪鬼は病気なのか罰当りなのか、と思いあぐねていると、もう頭の中は天竜川の渦のようである。いつもイジメられてしょんぼりしている花子さんが、お母さんや大勢の弟妹たちと甘酒を飲みながらおいしそうに煮豆をかきこんでいた。お椀が空になると、人の波をかき分け、喜々としてお代りの手をさし延べている。そのとき初めて花子さんの笑顔を見た。花子さんは天邪鬼ではないのだ。だからきっと幸福になれるのだ、と泣きながら胸を撫でおろし、かすかな羨望さえ覚えていた。天邪鬼はとても弱虫だからこんなに泣くのだ。どうしたら自分の中の天邪鬼を退治できるのだ、と思うと余計に混乱して、泣き方が激しくなる。

## 父の転勤、せつない別れ

ふたたび春が巡ってきたので、やっさの家の姉妹に、川の土手に土筆つみにいこうと誘いにいった。

「もっとでかい土筆、いっぱい生えとるところ知っとるだに」

と姉の方がいった。

「土手のも立派だと思うけれど」

以麻がいうと、

「いんね、もっと立派でたくさんあるだんね。でも、以麻さんにはちょっと無理ずらか」

「どうしてなの」

姉妹は少しいい辛いようで、一瞬黙ったが、

「その土筆はお墓にあるだんね。やっぱりやめとくかいや」

「わたし、お墓参りはお婆ちゃんと、いろんなお寺でやってるから、お墓は平気だよ」

「そうかいね、ほなら行くかいや」

お墓の土筆は驚くほどジャンボで、墓石の周りにびっしりと生えていた。

「わあ、すごい。土筆の如来さまだァ。如来さま、ありがとうございます」

以麻は感激のあまり小踊りするように四方に向って合掌した。

「如来さーまーなんまんだ。おんにょろさーまーなんまんだ。土筆さーまーなんまんだ」

と節をつけお経のように唱えると、やがて姉妹たちもいっしょに楽しそうに声を合せた。

風呂敷の両端を絡げた袋はたちまち一杯になった。それを持ち帰ると祖母も母も無邪気な

歓声を上げた。彼女らは土筆が大好物だった。母は忙しいので、山のような土筆の袴とりは祖母と二人で最後まで根気よくやった。

「こんなうんまい土筆は生れて初めて食べるがね。ええ時にここへ来て婆ちゃん、ほんに果報者だわなん」

好物を口に運ぶ母の顔も初々しい童顔に還っていた。いつもは愚痴まじりに陰口をいい合う祖母や母の顔から、業つくなお面がすっぽりと剥がれていた。身内であれ他人であれ人を喜ばせることは、気持の和むものである。

「長いから、これをお寿司の芯に巻いても、きっとおいしいね」というと、

「以麻ちゃは、えろう利口になりゃあしたなん。これで巻寿司つくって土産にするわなん。名古屋では土筆なんぞ食べれせんでよう」

祖母は本気で土筆の寿司を作る気になっている。

「土産にするなら、本物の土筆を持っていくといいよ。また明日たんと採ってくるから」

以麻はまたお墓へ土筆つみにいった。

しかし、それから間もなく父の転勤が決まり、二俣を離れることになった。やっさの家の姉妹にそのことを知らせにいった。おはじきや押絵の小箱に入ったお手玉、千代紙など

を渡そうとすると、姉妹は後じさりして遠慮した。

「家にまだたくさん持っているの。だから貰ってくんないよ」というと姉妹は、

「以麻さん」といって涙ぐんだ。

「お墓の土筆ね、婆ちゃんがとても喜んだよ。名古屋のおみやげにするって、持ってったよ」

いい終えない間にぐっとこみ上げてきて、さようならもいえず、逃げるように駈けだした。


山際の大きな側溝に近い官舎の外れの山口幸子さんの家は、五、六人の子沢山の家だったが、もう赤ん坊はいないようだった。お母さんはいつもにこにことおっとりした人で、子沢山なのに苛ついたりもせず何かにつけて鷹揚である。お父さんはその反対で、きりっとした武者ぶりの男前なのだが気が短く、いつもきつい言葉で子供たちを叱っていた。昼間家にいるということは、夜勤あけということらしい。高等科にいっているお姉さんは、顔立ちの好い人だったが、お父さんに似て言葉づかいが荒かった。

「サチコ、豆の筋まだ取っとらん。掃除もすんどらん。畑の草もとっとけよ。あとで山で

薪ひろってくるだ。サチコ、聞えとるだか」

通学団で以麻たちには親切でやさしいお姉さんだが、妹の幸子さんには当りがきつい。

「うーん、分った。やっとくだよ」

幸子さんの返事は極めてゆるい。性質はお母さんに似ておっとり型だが、顔立ちは両方相半ばでいい塩梅である。以麻は幸子さんに野を渡ってくるそよ風のような爽やかさを覚え、いいようもなく気持が和んだ。お姉さんからどんなにきつい言葉を浴びせられてもむきにもならず、かといってごめんなどといったりもせず、極めつけ穏やかでありながら、卑屈に服従するのでもない。以麻より二年上だが、爽やかな大人加減なところに、ひどく惹かれるものがあった。幸子さんは風のように自由で自然な人だ、と半ば尊敬を混えた憧れに近い親しさを覚えた。弟妹が多いのでお姉さんは、おっとりとしたお母さんを思いやり、家の手伝いなどで天手古舞いに違いない。そのお姉さんも、感心だと以麻は思った。

以麻の家も子供が多く忙しい母は、一駅へだてた野辺という所から、ときどき金山寺味噌を売りにくる小母さんを臨時に頼むことがよくあったので、以麻は家の手伝いなど何もしたことがない。野辺の小母さんと母はよく気が合い、陽季のいい時期にはみんなで小母さんの家へ遊びにいったものである。行商歩きをするとはいえ、とても立派な農家だったので、母は面喰ってしきりと恐縮をしていた。

「こんなに立派な大百姓の家の人を雇ったりして、誠にすみませんでした」

ひどく申し訳なさそうな言葉を続けた。

「女は産後が大事だんね。遠慮のういってくんないよ。家の八人目の息子が鉄道に入りたがっとるだんね。土地をやれるのは総領息子だけで、あとはみな月給取りになったり、店へ奉公に出たりするだいや」

ということだった。

「八人も子を生んで育て、その上百姓もやりなさった野辺の小母さんは、苦労してござるだけに、情の厚い話のよう分るお人だわね」

都会の複雑な身内苦労に苛まれているだけに、母は野辺の小母さんを実の親のように心底慕っているようだった。幼くして両親とは縁が薄く、育ての親とはうまくいかない母には、身内というものがまるでなかった。野辺の小母さんの前では、母はいつもとはまるで別人のように穏やかな表情になっていた。

家族が多いので庭の菜園だけでは足りず、幸子さんの家は、合宿所の空き地を耕していろんな季節の野菜を作っていた。以麻はその畑で初めてトマトという物を見た。

「おいしいそうだね。トマトって甘いかしら」

というと幸子さんは大きなトマトをもいで、

「食べてみるかね。そういう味だんね」

生あたたかく甘酸っぱい味が口の中に拡がり、異様な風味に一瞬顔をしかめたが、これも幸子さんの不思議な味だと思うと、ひどく親しみが湧いてきた。

「瓜のように冷して食べると、うまいだんね。お腹がすくと、ここへきて、これ食べるだよ」

喋りながら幸子さんの草とりを手伝った。

「ねえ、薪とりって、どうやってするの」

「いっしょに行くかいね。この山にあるだよ」

側溝の向うの山をしゃくっていった。小屋から麻縄を何本か持ってくると以麻にも貸してくれた。巾の広い側溝には枕木を二、三本並べた橋が架かっているだけだ。登り口や砂防溝の辺りには空色の可憐なしゃがの花が咲いているが、深い側溝の底には大きな青大将の死骸が何匹か目についた。なだらかな森林なので、喋りながらの薪ひろいはひどく楽しかった。杉などの枯れ枝を集めるだけだが、じき持ちきれない量になった。でも幸子さんは重くなるとそれを地面に置いて、その上に更に積みあげていく。

「以麻ちゃんは初めてだから、このくらいでどうかいやあ」

うまく束ねた薪を両肩から背負う形にしてくれた。立つ拍子に尻餅をつく程だった。二人で笑いころげ、幸子さんに手を引っぱってもらってやっと立ち上がった。幸子さんの家の前でおろそうとすると、

「それは以麻ちゃん家《ち》で焚べない。杉が多いでよく燃えるずら」

幸子さんの気前の良さにまた驚いた。家へ持ち帰ると母は、焚きつけに助かる、といってひどく喜んだ。

「良いお友だちができて良かったねえ。山口さん家は旦那さんも奥さんも人柄が良いから、子供さんらもみんな親切だねえ」

といった。しかし、父の転勤で幸子さんともお別れすることになる。幸子さんと一緒にいると次々と楽しいことばかりである。なのにそれがもうお仕舞いになる。夜、ふとんに入るとひとりでに涙がこぼれてきた。

# 四　ヒッツラオナラ

## 名古屋の大空襲

二俣でけっこういろんな経験をしているので、以麻なりにかなり慎重なしなやかさを意識するようになったが、転校先の袋井でもいざこざはなくはなかった。新参者の割にはすんなりと自己主張するので、通学団などの上級生は面白くない。それが重なると六年生の静江さんは泣きだしてしまった。以麻は二年生になったばかりである。静江さんも大勢兄弟の長女で、家の手伝いなど何かと苦労性のようだった。編物の達者の母や、祖母が時々名古屋から持ってくるハイカラな洋服を着せられたり、人形や遊び道具なども都会風だったりするので、田舎の子らにとって、それらもコンプレックスの要因のようだった。駅のすぐ側の官舎は二俣の五十軒と異なりたったの五軒だった。田舎風に控え目な子供たちは開放的でオキャンな以麻のふるまいになかなかと馴染めないようだった。

「姉ちゃんを、何で泣かせただ。姉ちゃんに、ごめん、とひとこと謝れ」

四年生の弟が青筋を立て、他の弟妹もつれて二年生の以麻をとり囲んだ。

「わたし、謝るようなこと何もしとらんよ。なのに静江さん、泣き虫になっただけよ」

「生意気いうと、ぶっさらうぞ」

と章二くんがかかってきたのでついに掴みあいの喧嘩になった。担任の女教師も以麻の調子外れを疎ましく思うのか、何かにつけて以麻にきつく当るようになった。

「以麻さん気をつけですよ。列からはみ出さないように、真直ぐ並びなさい」

「先生、わたしは前の人の肩巾に両手をきちんと揃えて気をつけをしています。わたしの躰のどこがはみ出しているのでしょうか」

軍国主義の時代だから教師の言葉は絶対で、それに正面きって異議をとなえることなど許されなかった。女教師でも体罰を喰らわせることが珍しくなかった。しかし、以麻は厳しいことが評判のその女教師に向って敢然と抗議した。彼女は以麻を睨みつけて黙ってしまった。はみ出し者という先入観の滲みついた型通りの田舎教師の目には、以麻の全てがはみ出して見えるらしかった。何かにつけて筋を通したがる律儀さは、周囲の者に何か違和感を与えるようだった。修身の読本のように以麻のマナーは間違っていなかった。しかし、通知表には、勝気のせいか、喧嘩の絶え間がない、と書かれてしまった。

集団とか組織の一員として生きることに馴れた者にとって、以麻のようなオッチョコチョイの調子外れは、ひどく不安定な気持にさせるらしい。同時に馬鹿にされる口実を与えるようなもので、容易に仲間外れのターゲットにされたようだ。そのことは何十年もの間、頭髪に白いものが混ざるころまで続いたのである。生れつき処世術に疎い彼女は仲間入りをするために、滑稽なまでの演技を続けなければならなかった。馬の尻尾のような輩に最敬礼をしたり、自分は特売品で間に合せるのに、仲間に加えて貰いたいばかりに高価なサービスもした。しかし何の効き目もなかった。

少し前に静江さんの弟の章二くんから親切に竹馬を教えて貰っているので、ひどく複雑な気持である。竹馬の足板はだんだん高くなり上達する一方だった。るんるん気分で竹馬で歩いていると、章二くんと擦れ違ったが、二人とも目を背けた。仲直りのきっかけがなかなか見つからない。

夏休みになると駅長さんの家の明くんが、川へ蜆とりにいこう、とみんなに声をかけてくれた。五年生の明くんは明るい上にずっと級長を続けているだけに、ひどく聡明そうな感じだった。そのうえ機智にも富んだ剽軽者でよくみんなを笑わせたりもする。

「袋井の祭囃というのはね、ヒッツラオナラ、オナラハクサイ、っていうんだよ」

と、音頭をとって歌いだす。みんな桁外れに打ちとけ、みんなでヒッツラオナラを歌い続け笑いころげた。以麻は邦子ちゃんとは仲良しだ。だが、誰かと不都合が起ると、

「邦子、お前が悪い」

と、きりっとなっていつも妹の邦子ちゃんばかり叱りつけるので、以麻はそれまでの自分の単純な自己主張が、ひどく幼稚なものに見えてきた。それがきっかけで自分をぐっと抑えるようになり、何ごとも一歩譲るようになった。

「邦子わるくないのに、お兄ちゃんは、いつも邦子ばかり怒る」

といって邦子ちゃんは不服そうに愚図った。妹を叱る時は明るい表情がきりっと締る。愚図りながら邦子ちゃんは、お兄さんに甘えているようで、明くんに叱られる邦子ちゃんのことが、しきりと羨ましかった。

川岸から伸びた木の枝にブリキのバケツを吊りさげて蜆を入れる。時々アッ貝という楕円形の大つぶの貝が見つかると、明くんは静江さんや以麻のバケツの中にサービスしてくれた。次に以麻がアッ貝を見つけた時は、明くんには返さず、静江さんや章二くんのバケツに、あげるね、といって入れた。仲直りの意思表示からだった。以麻は明くんには何のサービスもしなかった。それは明くんを意識するようになったからである。

しかし、ヒッツラオナラの祭囃がきこえる頃になると、明くんのお父さんは転勤になり、彼は以麻には何の挨拶もなしに引っ越してしまった。隣の助役さんの家の令子さんや、その隣の静江さんたちには挨拶をして廻ったような気がしてならなかった。気配り上手な明くんにすっかり無視された気持になった。それなのに彼への想いは募るばかりで、引っ越した後の屋敷の方へひとりでに足が向った。広い前庭の中央にガラクタの山ができていた。その中から明くんの名前を記した工作の作品らしい緑色の貯金箱が目にとまり、宝物のように持ち帰った。敗北者のようなひどく惨めな気持の中に、明くんへのいいようのない思慕ばかりこみ上げてくる。力ずくの喧嘩とは異なり、心の悶えはどうすることもできなかった。あの気配り上手な明くんが、どうして黙って引っ越してしまったのだ。以麻のようなハミダシ者でなく、明くんも大勢の輪の中へすんなりと溶けこんでいける、静江さんや章二くんサイドのタイプのような気がしてならなかった。悩みは錐もみのように深く鋭角に進んでいく。そうと分りながら、人に好かれる才能に限界のあることを悟らざるを得なかった。しかし、譲れないものは譲れない、という誇りと自尊心がムラムラと湧いてきた。明くんが助役さんの家の令子さんや静江さんたちに引っ越しの挨拶に廻っている光景が浮んでくる。級長というものは、ハミダシ者の手なずけ方も大人並みにいっぱしなのだ、その程度の秀才だったのか。見そこなった、そんな閃きが脳天を突きぬける稲妻のように駈けめぐると、初恋の悶えなど、跡形なく吹っとんだ。

以麻は貯金箱をドブの中へ投げ捨てた。

用意周到で、気配り上手の上、計算高く抜け目のない秀才なんて、オナラのようなものだ。澱んだドブの中で貯金箱はいろんなゴミに躓きながら格好わるく流れていった。

弟が入学直前に自家中毒で亡くなったのは、官舎の水が合わないせいだといって、世をあげて疎開が真最中の昭和十九年の夏に、母は父一人だけ官舎に残して祖母の家に戻ってきた。田舎の官舎暮しは気骨が折れる、ともいった。祖母といざこざしても、母もやはり開けっぴろげの下町暮しが性に合っているようである。親が離婚した後、赤ん坊のころから養女として祖父母の家で育っている。

「奥さまは奥が臭っさい、といってなん。それに較べると、ここ熱田は神代の昔からの土地柄だで、人品が違うわなん」

祖母はそんな言葉で長男を亡くした母を迎え入れた。

「引っ越しの挨拶に指輪をしてったら、駅長さんの奥さんの気に入らなんだげな。道で会っても顔をそむけて通らした。同じ名古屋の県立の女学校出の先輩なのに、やたら権高そうな人だったわね。お婆さんも一緒に住んでござったが、人を見下した厭味な人だったわね。もう官舎暮しはこりごりしたわね」

「名古屋衆にもいろんな人がござるわさ。どうせ成り上りもんだわ。利口な者であらすか。それに較べると、男爵さまも、昔の熱田奉行の子孫の衆も、旦那衆方もまんだようけござるし、それに、年の更った船頭さんが手漕ぎの船で近場の漁にも出さっせるで、まんだ魚や貝も手に入るでよう。躰にたんと滋養をつけさんせ」

祖母はそんな言葉で母を慰めていた。

祖母の家は残っていたが、辺りは耳や鼻を削ぎ落された町のように、家の壁が剥き出しのままだったり、建物疎開の爪跡が生々しかった。そんな空き地に人々は野菜の種をまいたり、手漕ぎの船で獲ってきたひしご鰯で煮干作りのすだれなどを拡げていた。いろいろな事情で学童疎開からとり残された者同士少年も少女も、空襲の合間を縫うようにいろんな遊びに夢中になった。名古屋港の開口部に開けた古くからの下町なので、大人も子供も開放的な気質で明るく、田舎のように陰に隠ったじめつきがない。その土地の住み心地の良さは、転任暮しの多い教師の間でも評判だったようである。前任者の話を聞き、母の担任の加古先生ははるばる高知県からやってきた。歴史好きのせいもあって、母は加古先生から、坂本竜馬のことをかなり詳しく聞かされた、といっていた。大正三年生れの母の世代は、坂本竜馬については、殆ど知らない人が多かった。とにかく母は記憶力抜群で、その名門校の中でもなかなかの評判だったようである。芋の粉団子や脱脂大豆にはうんざりしたが、空腹を満たすために失敬する生乾きの煮干は美味かった。それも仲間ぐるみでやってのけた。下町育ちの子たちとピタリと呼吸が合うので、喧嘩とは縁のない日々だった。軍需産業一色なので、菓子類、缶詰などの食品、石鹸やカラフルな化粧品など、さまざまのレッテルが大量に不要になった。商店の店先から生活物資は全て姿を消し、子供たちは捨ておかれたレッテルを持ち出し、それらをかけてグーチョキパーでとるゲームに夢中になった。子供とは実に遊びの名人である。空襲警報が解除になると、ふたたび防空壕から出て遊びのつづきをやりだすのである。

しかし、三月十二日の夜間空襲で着の身着のまま焼け出されたのは、じきだった。

「逃げるだ、防空壕から早く出よ、逃げるだ」

町内の防空壕の戸が開けられると辺りには火の手が上っていた。家々がギシギシゴーゴーと断末魔の声を上げて燃えだしている。自分の家の連子格子の前を通るとき、家が生き物のように泣き叫んでいる、と以麻は異様なまでの生命感に襲われ、家と別れる切なさに、言いようもなく苛まれた。家の中に駈けこみたい衝動にかられながら、群衆の逃走の渦にまかれていった。熱田さんへ逃げれば神風で助けて貰えると、人々はそう信じこみ、みなその方角へ走ったが、やがて萱葺きの屋根の神楽殿に火の粉が舞い落ちると、たちまち炎上した。群衆は闇雲に逃げつづけた。その流れの中へ、背中に火をつけた牛が暴れこんできた。そのころの名古屋は都心を外れるとまだ農家がけっこう残っていた。火だるまの牛で群衆はすっかり方向を失ってちりぢりになった。以麻たちは橋の下に隠れた。一晩中逃げ廻り、家の方角を探って戻ってくると、道は家の残骸で埋めつくされ、まるで方向がつかめない。銭湯の煙突やお寺の高い屋根などで辛うじて覚束ない方角を探った。やっと家の焼跡へ辿りつき、瓦をめくるとそこから再び火の手が燃え上った。あたりはまだ燃えくすぶっており、煙でたちまち目が痛みだした。目をしょぼつかせていると、運動靴の底のゴムが溶けだしてきた。数日たってからふたたび焼け跡へ行ってみて、衣装缶が目についたので蓋を開けてみると、以麻の大好きだった着物が蒸し焼き状態になっていて、模様が墨絵のように色の失せた濃淡で、くっきりと絵の輪郭をとどめていた。……着物が、死んだ……以麻の深い所で悲しみが、得体の知れない方向へ深い霧のように立ちこめていった。

その土地で十数代、何百年も続く古い家なので、近くに住む一族がみな焼け出されてしまうと、落ちのび先はどこにもない。使用人の手引きだったり、遊郭の空部屋だったり、転々と渡り歩いて夜露をしのぐ日々が何日も続いた。

「まあちっと、袋井で辛抱しとった方が良かったかなん。子供らが腹へらして憂いことになん」

年のせいで祖母がそんな弱音を吐くと、

「赤ん坊の時分から、じいちゃんに良う可愛がって貰った家で、たとえ半年でも暮せたことは幸せだったわね。在所の最後を見届けることができて、本望だったわね」

母はきっぱりとそういった。祖母とはしっくりいかなかったようだが、義理の仲とはいえ、子煩悩の祖父には随分と愛されたようである。名古屋で西洋建築が珍しい頃、第一回の博覧会場を手がけるなど、母の実父はトップランナー的な少壮の建築家であった。しかし、妻を離別して第二夫人の許へ走ったのである。別れ話は祖母が母を孕った時から進んでいたようである。そんなことで母は実父を決して許さず、最後まで墓参りもしなかったそうである。開校以来の秀才といわれながら、苛立ったり、和みのない不安定な性格は、出生前の母親の胎内にいた時からの悲しい境遇から派生した不幸せのせいのようでもある。仏の梅さんで通っている祖父から目一杯愛されて育っているので、母も祖父をこの上なく敬い慕っていた。そんなことから、娘時代は頭が良く素直で明朗だったそうである。まだ冷蔵庫のないころ、赤ん坊の牛乳を井戸に吊るして冷したのも子煩悩な祖父の仕事だったのである。そんなことが近所や親戚の間の語り種になっていた。苛立つようになったのは、子育てに追われる母親になってからのようである。

## 落ちのび先の幸せ

遠く離れた中央線沿いの中津川で下駄屋の物置に、やっと落ちつくことができた。焼け跡から掘り出してきた鉄の釜は、丸い口が歪な四角形に歪んでいた。しかし、ひと月もたつと春は思いがけない恵みを届けてくれた。近所の子たちとすぐ仲よくなり、薪ひろいやわらびとり、甘根という柔らかくてほのかに甘い草の根を、掘っておやつ代りに食べたりするのが面白かった。玉藏橋《ぎょくぞうばし》という長くて立派な吊り橋を渡って木曽川まで泳ぎにいった。澄んだ水は深い緑を帯びて碧く、豊かな水は深淵の速度でゆったりと流れていた。山水画から抜け出したような面白い形の巨石が立体屏風のように点在する。巾の広い立派な吊り橋の上からは大小の渦もよく見える。以麻はその岸辺で泳ぎだした。まだ犬かき程度だったが、水に潜ると平泳ぎでも何でもできた。彼女にとって水遊びは心ときめく遊びだった。

自分の中に思いがけない幸運が拓けていくような予感さえ湧いてくる。水が命めいた匂いを放って躰の中をかけ巡る。川の底や水の中には目に見えない生き物が棲んでいて、草のような青くささと、生き物めいた少し生臭い不思議な匂いが満ちていた。

祖母の首筋の真中に腫瘍ができて、駅の近くの大きな病院で手術をし、十日間ほど入院することになった。忙しい母に代ってまだ三年生の以麻が付添った。とっておきの米で粥を作り、暑い夏の日差しの中を毎日病院まで運ぶのである。Ｂ29が飛んできても見つからないように、家並に沿った急勾配の線路の土手に、身を潜めるようにして歩いた。中津川には大きな軍需工場があったので、Ｂ29は昼夜の別なく飛んできた。夜間空襲のとき、病室に担架が持ちこまれ、退避の準備が始った。燈火管制の暗闇の中、照明弾がまぢかで炸裂する。十歳の以麻は、死を予感する緊張の中へじりじりと追いこまれていった。

口の歪んだ四角い鉄釜で隣家の井戸まで米を研ぎにいく途中、裏の下駄工場のガラス窓が、地震かと思うほど突然はげしく鳴りつづけた。広島に新型爆弾が投下されたことをラジオで知った。それから間もなくラジオで玉音放送をきいたとき、祖母も母も以麻も誰も泣かなかった。これでもう空襲がなくなるのだ、と思うと皆ほっとしているようだった。

それ以上なくしようのないほど焼き尽されているし、何回となく死の淵を漂泊《ただよ》っているので、泣きようがないのである。空襲がなくなった、ということは、命拾いをしたようなある種の奇蹟のような安堵感だった。

その年の秋はすべてが楽しかった。空襲を気にすることもなく田んぼで蝗《いなご》とりができたし、祖母はそれを七輪の上でこんがりと焼き醤油で味付けしてくれた。初めて食べるグロテスクな食べ物なのに、空腹にはその香ばしさが美味だった。地元の子らはそれを岡えびと呼んで弁当のおかずによく持ってきた。

母は冬でも一重の着物で過ごしていたし、以麻たちもみなみすぼらしい身なりである。少しばかり疎開させた衣類は、大方物々交換で食糧に化けたようである。その辺りで名古屋からの落ちのび者は以麻たちだけだったので、焼け出され、という蔑みの目を向けられることもなくはなかった。そんな中で村外れの長屋に住む韓国人の梁《リャン》さん一家は、とても親切で梅干や芋飴、野菜など時々とどけてくれた。

土鍋に一晩中塩味だけの大豆を電熱器にかけておくと、朝には柔らかくて美味い煮豆に仕上っていた。以麻の弁当はその煮豆かふかした芋で、米の弁当など持っていったことがない。弁当の粗末な子は片手で弁当箱を隠して食べていたが、以麻の弁当はそれ以下だった。しかし以麻は一向気にならなかった。とにかく空襲がなくなり、木曽川によく似合う堂々とした吊り橋の玉藏橋《ぎょくぞうばし》を渡って泳ぎにいったり、川沿いの山で近所の友だちと連れだって薪ひろいにいったり、田んぼで春には田螺、秋には蝗をとったりすることが、この上なく楽しかった。食べること以上に気持が満たされたからだろう。その土地ならではのかってない経験に、好奇心の強い以麻はワクワクする毎日だった。

祖母は驚くほど工夫達者な人で、緑内障でもう目が不自由になりだしているのに、土間の片隅に積み上げられた下駄の木切れをうまく継ぎ合せ、歪んだ鉄釜のさなを作ったり、長年に亘って機織りを続けた人が亡くなった後、ずっとそのまま小屋の隅に放かられたままのたくさんの枷から糸を手繰って、以麻に絹糸でまりを作ってくれたりした。蚕の時期に農家の友達の家へ遊びにいくと、繭玉づくりを教えてくれた。箱に桑の葉を敷きつめ、そこへ蚕を数匹のせておくと、蚕は何日か後に白い繭になっていた。そういうことがたまらなく面白かった。そんな訳で大豆やさつま芋の弁当などまるで気にならなかった。電熱器で煮豆づくりを思いついたのは電気技師の父だった。父も朝食にその煮豆を食べて、朝早く三時間ちかくかけて名古屋の職場へ通ったのである。

空襲の火の手の中を母の背に負ぶわれて逃げ廻った四番目の弟は、赤ん坊のころから代用食ばかりのせいか消化不良と栄養失調でひどく瘠せていた。下痢ばかり続いたのでついに脱腸になってしまった。父にも母にも兄弟の誰にも似ず、痩せているのに秀でた額は広く張り出していた。澄んだ瞳は愛くるしく、まだ二歳なのにどこか大人のような落ちつきがあった。額が見事なので、父はデスリンと呼んで将来を楽しみにしていたようである。額の秀でただけに鼻が低く見えてしまうので、以麻がヒクちゃんと呼ぶと、それが愛称になった。とにかく赤ん坊のころからあまり泣きもせず、脱腸で辛いのにいつもニコニコと笑顔の聡明な弟だった。下痢がひどくても漏らしたこともなく、脱腸になると大きな声で、

「また、ノコがでた」

と教えるのである。

「気の毒になん。食べ物が悪いでいかんなん」

祖母も母もその度にノッコリととび出した腸を戻してやるより術がなかった。親類縁者がみな名古屋、東京、京都という都会暮しだったので、どの田舎にも縁者はなく、食べ物の援助などどこにもなかった。高い闇米を買うこともできず、そんな中でやっと長持一本分を疎開させた中身の衣料は物々交換でたちまち消えた。両親はまだ電気の通わない長野県境の山奥でランプ暮しをしている農家までリヤカーで灯油を運んでいき、ヒクちゃんに食べさせる食料を手に入れてくるのだった。朝早くに家を出ても帰るころには日が暮れて

いた。

村外れに住む韓国人の梁さんが、母国へ帰ることにしたからといって、四斗瓶一杯の梅漬けを、

「うまい梅漬けだけれど、こんなの持って帰れせん。お宅に貰ってもらいたいで」

と瓶ごと届けに来られた。その梅漬けはほんのりと甘みがあり、かって食べたことのないほど美味だった。

「まっこと、うんまい梅干だなん。水飴でも入れさっせただろうか。まっことお宝の味だがなん」

祖母はたてつづけに二、三個も頬張った。その辺りでは古くから漬物をお茶うけにする風習があったので、漬物類はそれぞれにその家の秘伝があったようである。

「ようお世話になったが、お故郷《くに》へ戻らっせるかなも。淋しゅうなるなも。水も変ることだで、躰に気をつけてちょうえも」

リヤカーにのせて梅漬けの瓶を届けにきた梁さんに、祖母はしみじみとしたいい方をした。

東濃の中津川の言葉づかいは独特でおっとりとしていて、大人も子供も人柄に丸みが

あった。町の中には立派なプールさえあり田舎というより地方都市というムードがあった。料亭や旅館なども品がよく、雅びな風情の城下町だった。終戦直後なのにタクシー屋にはもう車が何台かあり、帽子屋、時計屋、銭湯もけっこう立派だった。しかし、まだ砂糖などの材料が乏しいので、栗きんとんで有名な老舗の和菓子屋は開店休業で、陳列棚の中は経木や薄板などの包装材料の置き場所になっていた。何かのきっかけで母はその家のおかみさんと近づきになり、二人とも気が合うらしくよく出向いたようである。その折もお茶うけに漬物が出され、その美味を喜ぶといろいろな漬物をおみやげに頂いてきた。

漬物のお礼に母が何かの用事で名古屋へ出向いた折に、古い知人から手に入れた海産物を届けると、そのおかみさんは、

「こういう海の幸は、中津川ではお金だしても手に入らんのですわ」

と大層よろこばれたそうである。そんなことから、名古屋へ通勤する父が時々古い知合いを辿って海産物を手に入れてくることがあった。戦前住んでいた熱田には信長時代から藩設の巨大な魚市場があり、戦後もいち早く活気をとり戻していた。父も母もそこには古くからの顔馴染みがまだけっこういたようである。

海に縁のない土地柄なのか、どんなに狭い借家でも玄関前に池があり鯉が飼われていた。

ゆるい上り勾配の大通りには柳を植えた巾の広い歩道がついており、そこを登りつめた所に小学校があった。韓国人の高さんの家は学校のすぐ側だった。いつも小ざっぱりとした身なりで、韓国人であることなどまるで分らなかった。しかし、高さんが韓国人であることが、いつの間にか以麻の耳にも入ってきた。そんなこと、どうだっていいじゃん、以麻はそんな気持できき流していた。成績もよく、顔立ちは美人形といっていいほど整っていたので、何かと妬っかまれるようである。品の良い顔立ちなのに人なつこい愛くるしさも備えている。

「以麻さんのお話とても面白かったよ。早くつづきを聞かせてくれんさい。家はすぐ側やで、帰りに寄っていきんさいよ」

高さんの方から声をかけてきた。

「以麻さんはたくさんお話を知っとりんさるねえ。どうやって覚えんさっただね」

国語の時間に時々教壇の前に出て、お話をきかせる授業があった。溝端先生という女の先生はとても人柄の温かいやさしい人で、そういう授業は今まで二俣でも袋井でも名古屋でも受けたことがなかった。音楽も和音のレッスンなどとても新しい授業方法である。以麻は溝端先生の授業が面白く、数学や理科など全ての科目に身が入った。

以麻の創作童話はなかなか評判が良かった。拍手も多かったし、溝端先生からも褒められた。しかし、彼女は自分の創り話にのめりこむあまり、話の最中に興奮ぎみになることを恥ずかしく思ったりもした。

「小さい時、よく絵本を読んでいたの。でも空襲でみな焼けてしまったから、もう読めなくてウロ憶えしてるだけなの。忘れたところをいい加減に作り話にしているだけなのよ」

他の級友たちは、おじいさんやおばあさんからきいた昔話の類が多かった。しかし、成績の良い高さんなのに一度も前に出て話をしたことがない。

「わたし絵本など見たこともないわ。もっといろんなお話きかせてくれんさいよ」

高さんの家には鯉の池もなく、入口を入るとすぐ竈《へっつい》や流しがあり、部屋数の少ない狭い家だったが、こざっぱりと片づいていた。以麻の住んでいる下駄屋の物置小屋より格段に上等である。兄弟の気配もなく、母親も外に働きに出ているようで、明るい家の中はひっそりと静かであった。

玉とり姫、金の鵞鳥、鉢かつぎ姫、おなら名人の話、アラビアンナイトなど、以麻は自分の好きな童話を次々と披露した。高さんは目を輝かせるように聞き入った。

「以麻さん、お腹すいたでしょう、これ食べんさい」

といって自家製らしい芋切干などを出してくれた。そして帰りは途中までいっしょに歩いてくれた。

「以麻さん、ぐみは渋いけれど、このゆすら梅は甘くておいしいよ。食べてみんさい」

といって道端に枝を伸ばしているゆすら梅の実をとって、二人で食べながら歩いた。

ほとんど駅の側まで連れだって歩いたあと、

「また遊びに来てくれんさい」

高さんは懐かしみをこめた眼差しで別れていった。

弁当箱一面に煮豆だけなど、いつも人並みでない弁当だったが、以麻は中津川の東小学校で一度もものめたりしなかった。

しかし、名古屋の焼け出されに、おいしい沢庵や甘酒、芋飴を届けてくれたのは、地元の人でなく韓国人の梁さんだった。土地も畑も持たない梁さんは、いたどりや蕗の薹《ふきとう》のみそ漬けなど、いろいろと届けてくれた。そして躰の滋養になる薬草などを採ってきて、いろいろと教えてくれた。蓬や雪の下の天ぷらも梁さんに教わったのである。

「ほんとうに美味しいねえ。どうやって味付けしんさったかいねえ」

母はすっかり中津川訛りになっていた。

「人柄が滲みこんだ人の味というもんだわね」

祖母はひどく決ったいい方をした。

# 五　以麻、哲学少女になる

## 馬車の大通りで読み歩き

暫らくして以麻たちは、父の通勤に便利な中央線沿いの名古屋近郊へ引っ越すことになった。四季折々の遊びに夢中になり、大勢の友達や良い教師に恵まれた中津川を離れるのは、以麻にとってひどく辛いことだった。

暫らくは地元の小学校へ通っていたが、習い性の道草で学校帰りに友達の家で遊んでいると、その日学校で配られた師範の付属小学校の編入試験の願書を、居合せた友達のお兄さんに見せることになった。以麻にはそれがどのような学校なのかまるで分らなかった。

「こんな学校、難しくてお前たちのような田舎の子は、どうせ通りっこないよ」

とその中学生のお兄さんはいいながら面白半分に入学願書を記入してくれた。それを家で見せると、

「こんな所は、焼け出され者の行く学校ではないよ。それにあんたは落ちのび先であっちこっち転々と学校を変っているし、勉強もろくにやってないから無理かもね、でも仲良しのポンプ屋の中野さんが受けるなら、お付合いで受けてみるかね」

といって母は一応判をついてくれた。焼け出されの上また弟が一人ふえたので家の手伝い

で勉強どころではなかったが、なぜか出来の良い友達はみな落ちて以麻だけが通ってしまった。国立とはいえ入学時の寄付金などで両親には迷惑そうな顔をされたが、

「以麻ちゃ、学業はしっかり身につけとかんせよ」

祖母のその一声で付属通学は決ったのである。そのおかげで読書好きの友達に多く恵まれるようになった。しかし大方地元の裕福な家の子や、戦後成金の子供たちも多いので、今までの学校の友達とはかなり様子が異なっていた。名古屋から汽車通学で通う子もいた。とにかくみんな利口そうな顔をしているし、その上身なりを始め何かにつけて程度が上である。以麻には気おくれすることが多かった。おしゃれだった彼女は、気に入った洋服も何もかも空襲で失くしてしまって、いつも粗末な服装である。

戦後の苦しい時代、川端康成もトイレットペーパーに近いザラツイた薄い紙に、少女小説などを書いていた。以麻はもう五年生だった。早くから疎開をして戦災をまぬがれた友達から、グリム童話や少年少女向けの名作選集を借りて読むようになった。父親が日銀に勤めていた一人っ子の友達が一番たくさん本を持っていたが、みんなが借りたがるので順番待ちである。小公子、家なき子、ジャンバルジャン・ロビンソンクルーソー、フランダースの犬、アンクルトム、アルプスの少女、風車小屋だより、など以麻は次々といろん

な国の童話を読んだ。幼いころ講談社の絵本で親しんでいるので、本に縁ができるとふたたび没頭するようになった。新しい学校まで五年生の足で一時間ちかくかかった。地元の小学校への道程の倍以上である。足袋に下駄という恰好で、その道中を歩きながら読むのである。たまに木炭自動車が通るくらいで、大方はまだ馬車が主流の時代だった。舗装されていない道は、晴天が続くと、馬糞は乾燥した土埃といっしょに舞い上がる。道端を歩きながら読む分には至ってのどかな下校風景だが、風が吹く度に馬糞の混じったゴミが鼻の中に入り、藁くさい臭いが広がった。そんな本読みの道草で一時間ほどかかる道程もまるで気にならなかった。

希望すればピアノの検定が受けられるので音楽好きの以麻は、家ではもっぱら紙鍵盤で指の練習をした。父にバイエルの教則本を頼んだが、まだ日本語版のものがなく、やっと丸善で手に入ったのは全てがドイツ語の説明文だった。強弱の記号もみな分っていたのでそれで十分に間に合った。校門を入るとすぐ正面に洋風で円形の植え込みのロータリーがあり、その横手に三方が高い窓でかこまれた明るい部屋が音楽室で、そこにグランドピアノが一台おかれていた。名古屋にあった師範学校が空襲で焼け、敗戦で閉鎖になった兵器工場の引込線もある巨大な倉庫を仮の校舎としたのである。名古屋からの通学者の中にはソナチネやチェルニー級のピアノの達者な生徒が少なからずいたし、隣接する師範の予科の音楽室からショパンなどの練習曲も聞こえてきたりした。そんなことから以麻のピアノ熱はますます昇りつづけた。授業前の早朝か授業後に限ってそのピアノを使って練習することが許された。以麻は寒い朝でも早起きをして音楽室にかけつけたが、すでに何人かの先客が待っていた。とにかくそのグランドピアノで練習するのがひどく楽しみだった。そんな訳で卒業する頃にはバイエルを大方あげていた。そんな風に以麻は一人で没頭できる楽しみを次々と身につけていった。負けん気なのでゴム高飛びもけっこう得意だったたし、卓球も好きでかなりの腕前になった。教育実習の教生が年間を通していつも大勢やってくるので、卓球などは彼らが相手になることも幸いだった。どの教生にもよく可愛がられた。しかし、そういうことを妬まれたのか、色の黒い番長格の女生徒にドッジボールでは目茶苦茶に打ちこまれた。猛烈な直球が飛んでくるので突指ばかりした。突指の直し方もみな教生が教えてくれた。それのみかその番長に睨まれると、ひどい目に合うので誰もがこぞって彼女に靡いていった。

先祖代々名水のきこえの高い熱田の森の育ちなので、以麻は色が白く、目許の涼しい古典的な顔立ちだった。熱田神宮の初代の宮司は京都から赴いた藤原氏の一族なので、熱田界隈には以麻によく似た顔立ちは珍しくなかった。父の実家も代々宮司だった。そんなことも色黒番長の妬みの要因であるらしかった。しかし、何といっても大勢に与《くみ》する才に欠けたところが、仲間外れのターゲットにされたようである。それに加え、向う見ずのオッチョコチョイなので馬鹿にされやすい要因でもある。ついに級友の大多数から口もきいて貰えなくなった。迷惑をかけてはいけないと思い、本をよく貸してくれた日銀令嬢には以麻の方から遠ざかった。どんなにひどい仲間外れに合っても以麻は絶対に腰巾着にはならなかった。選ばれて入ってきた小学生たちは、それなりにみな曲があった。競争意識と妬みである。そんな鬱積を彼女はますます読書とピアノに傾けるようになった。校門が開くのを待つくらいにして音楽室のピアノに一番のりをしたり、同じ敷地内に同居していた師範の予科の図書室まで出向いて本を借りたりもした。中学に進級しても生徒は大方持ち上りなので、その傾向はあまり変らなかった。以麻の作文に興味を持った教生が何人かいて、彼らとはよく話をした。他の教生たちと較べてどこかハイセンスでユーモアのある数学科の教生から、人間は考える葦なんだよ、とパスカルについて聞かされ「パンセ」という本を貸して貰った。

「少し難しい所もあるけれど、以麻さんなら大丈夫読めるよ。また感想文を書いてね、楽しみにしているよ」

といった。髪にゆるいウェーブがあり、明るく品のいい都会的な風貌は、父親が外国航路の船長をしている、ということが充分うなずけた。

「僕、とても子供が好きだから先生になる道を選んだんだよ」といっていた。

以麻はパスカルが哲学者や科学者であるばかりでなく、神をとても信仰していることにひどく驚かされ、一気に読みあげた。そしてさっそく彼に感想文を書いて届けた。

「科学者のパスカルが信仰に興味を持っていることにとても驚きました。そして人の心様についても細やかなことにもっと感心しました。人に神さまのことを信じてもらいたいと思ったら、いきなり神さまのことを話したり、お説教などするのは一番悪い方法で、その人が神さまのことを信じたい気持になる雰囲気を根気よく続けることの方が大切なのです、と語ったパスカルに、何だか詩人のような親しみを覚えました。何回も読み返したいと思います」

手紙にはそのようなことを書いた。しかし持病の脊髄カリエスが突然悪化して、二学期には彼はもうこの世から去っていた。亡くなったあと教生室の彼の所持品の中から以麻の手紙が見つかり、教生の間で回し読みがされた、ということである。以麻のニックネームが哲学少女、となったのはそんなことが由来するらしかった。子供が大好き、というだけに彼は生徒たちとユーモアたっぷりの遊び方をしたし、大勢の生徒の特徴をうまく掴んだ上で、斬新な教育実習をしたので、多くの生徒たちが彼の突然の死を悲しんだ。他の教生たちと較べて際立ってユニークなやり方は、すでに自分の死を予感していたからかも知れない。戦前の古い指導方法を身につけた古参の教師たちが、どのように戦後の自由主義教育をがんばってみても、パスカル先生のユニークで斬新な方法には叶わなかった。生れつきのリベラルが身についていたようである。ほんとうは数学や物理の才能を生かして別な方面に進む予定だったが、病弱であったために教職の道に進んだ、との風聞もあった。パスカルの永井先生に以麻は特別に目をかけられたような気がする。永井先生があのままずっとご存命だったら、理論家肌の以麻は理数系好きになったかも知れない。二年生の二学期の始まる九月の風の中で、以麻はいいようのない寂漠に襲われていた。

小学校からの持ち上がりのみでなく、新学期には編入試験で外部から入ってくる生徒も少なからずいた。彼らの中には付属からの持ち上がり組より出来る子がけっこういた。彼女たちも馴染みのない付属で、早く親しい友達を見つけたがっていた。真理子などは以麻に泊りがけで遊びに来るように誘ってくれたし、冬休みの自由研究で名古屋の史蹟めぐり

を提案し、ジングルベルの響く名古屋市内の市電を乗りついで、一日中歩き回ったりした。名古屋城の前までくると、真理子は、

「うちのお父さん、ここでお仕事してるのよ。いってみようか」

と、焼け残った逓信省と書かれたビルの中へ、臆することなく入っていった。

「お父さん、新しいお友達の以麻さん。きょうは史蹟しらべで一日中名古屋を歩いたの。以麻さんと一緒だからとても心強いのよ」

と話すと、父親はひどく嬉しそうな表情で地下の食堂へ案内してくれた。以麻の父とはかなりかけ離れた頭の良さと子煩悩ぶりが眩しいほどに溢れていた。素晴らしい父親に恵まれた真理子も生きいきと輝いている。地下の食堂では、驚いたことに江戸前の寿司をご馳走になった。まだ代用食や粗末な食事が当り前の頃だったので、その江戸前の寿司は以麻にとって生れて初めての奇蹟のようなご馳走だった。真理子の家は瑞穂グランドの近くで、辺りはまだけっこう畑が多かった。お母さんも笑顔をたやしたことがなく周囲を温かく包みこむ穏やかな人柄だった。それに較べると何かにつけヒステリックになる自分の母親が疎ましくなってくる。しかし、真理子のように出来の良い両親は世間にそうあるものではないことも分っていた。世の中にはいろんな親たちがいるもんだ、と思った。しかし、二

年ほど経つと子煩悩の父親は東京の本省に栄転となり、真理子とは別れることになった。あの温かいオアシス家族の家へ遊びにいけなくなることが、しきりと淋しかった。

中学ではいろんな実験授業を試みる教生たちがけっこういた。英語の教生はイギリスの詩人の「ひばり」という英詩を紹介した。

「みんなも一度、英語で詩を書いてごらん」

といった。ゲーテの詩などに興味を持ちはじめていたので、以麻は教生の言葉を真にうけて、思いつくまま自分の詩を英訳した形ばかりの詩をとにかく書いた。するとその教生はひどく褒めてくれた。他には誰も英語の詩など書いて来なかったのだ。教生から褒められたことで英語にぐーんと弾みがつくようになった。しかし、英語科の教師からは、読み方が気取りすぎ、と厭味をいわれたりした。あまり年齢差のない教師は教生に妬っかみを覚えたようである。年といえば教生の中には軍隊からの復員組もかなりいて、教師よりも年長の者もいた。編みあげの古い兵隊靴で通ってくる者もいた。教生たちはみな新しい時代の教育にひたむきな情熱を傾けているようだった。

年賀状ミセスも中学二年の時の編入組で、以麻と同じ中央線通学だったからか、やはり彼女の方から近づいてきた。以麻は他の中央線組と雑談するでもなく、いつも本を読んでいた。彼女はゲーテやパスカルなどを読む一方、中原淳一や蕗谷虹二の挿絵が好きで、手当りしだい少女雑誌にも夢中になったが、時江はガリ勉一筋の優等生タイプである。しかし二人とも高校は同じ進学校に入ることができ、また中央線でいっしょになった。それぞれ地元の公立中学の出身者と付属出身者とは、微妙なニュアンスの違いからなかなかうまく溶けあえないものがあったりするので、以麻と時江は前と同じような気の許しあえる仲ではあった。地元の出身者とも近づきになりたいと、以麻なりに何かと努力を重ねてみた。進学校の女生徒は男子生徒の三分の一程度なので廊下は掃除されることもなく、まるで土足で歩いているように土埃でざらついている。以麻は何とかクラスメートに好かれようと、そんな廊下を率先して掃除をし、雑巾がけまでした。家では洗濯も台所仕事までやらされていたので、掃除などなんでもなかった。女生徒らは家の手伝いなどしないのが当り前で、教育熱心な母親に英単語を辞書で調べてもらう者すらいた。しかし、以麻の掃除を手伝ってくれる女生徒などひとりもおらず、雑巾がけの彼女に躓きそうになると、あら、ごめんなさい、と作り笑いを振りまいて去っていく。そういう自分の疎ましさがひどく滑稽にみえ、マッタク下手な猿芝居だ、と微苦笑を噛みつぶすしかなかった。そんな訳で以麻はコミュニケーション能力のトレーニングをすっかりと諦めた。

小学生だったころ身軽な以麻は近くの独身寮の高い鉄棒で、びゅんびゅんと風を唸らせるほど空中回転をするのが好きだった。まるで紡錘形に澄んだ独楽のように、空も地面も山もすべての風景が溶けこんでひとつになる。そして独楽が停まったあとは、山も風も陽の光も、みな以麻をやさしく抱きとめてくれる。でも自然を相手に甘えてばかりいてはいけないような気持が、心のどこかに芽生えていたのも事実である。自然のように大らかになれ、と自分にエールを送るようになった。

## 母との日々

その後もずっとボンクラな調子外れが続いたまま大人の仲間入りをしたので、いろんなことで疎まれた。親の遺産相続でさえ、一言の相談もなく身内の序列から外された。母は未亡人になったことでもあり、不服をのみこんだままあっさりと相続放棄をした。

しかし、七、八年後に母は四人の息子夫婦ともうまくいかなくなり、ついにひどい認知症になってしまった。

「四人の息子たちには一軒ずつ家を持たせたのに、すっかり当が外れたわ」

といって、一時以麻の家へふとんまで持ちこんで半ば弟から捨てられるように逃げてきた。父の遺産の相続放棄の書類を郵送したとき、母から、

「大事なものを、どうも有難う」

という電話が一本あったきりで、謝礼などまるでなかった。あまりの酷さに以麻は落ちこみがひどく、暫らく心療内科へ通院することになった。付き添ってくれる夫に、こんな因果な家で育った自分を妻にしたことを、なんと女房運の悪い人だろう、としきりと済まない気持ばかりがつのってきた。

認知症になった母は過去のそんなことを忘れているのか、忘れたふりをしているのか、ショッピングの外出先や近所の人々に、

「わたし、娘をひとり生んどいて本当によかったわ」

というのが口癖になった。息子たち夫婦との確執はかなりのもののようであった。以麻の家へやってきたのは十一月の勤労感謝の日であった。一ヶ月ほどすると、

「ここに来て、やっと満腹というものを覚えるようになったわね」

というようになり、禿げていた頭頂に髪の毛が生えだしてきた。

「お姑さん、またお腹を悪くされるといけませんから」

いということで、母はかなり食事制限をされていたようである。胃腸が丈夫でないのに喰い意地の強い母は食事のコントロールができないのだ。万札という小遣いを持たされても、「家のお姑さんはお腹の調子がよくありませんから、食品は一切売らないでください」と言い渡されていたので、近くの商店やコンビニで母は食べ物を何も買うことができなかった、といった。あの母の面倒を見るということは、嫁にとってもかなりのストレスで、想像を絶する災難のようだった。嫁は入院をしたこともあるといっていた。また実家の近くの嫁は、朝パートに出かけるとき鍵をかけたままなので、昼時に空腹になると、隣近所へ食べ物を貰い歩いていた、ともいった。しかし、この飽食の時代、母に食べ物を恵んでくれる人は、ごく限られていた。それなりに近隣の人々が、母の自分中心の生き方にさんざんな目にあわされているからである。しかし、以麻は娘という立場からではなく、目の前の惨めな敗残者を放っておくことができなかったのだ。どういう訳か過去に受けた冷遇がまるで気にならなくなっていた。鳥の巣のように垢で絡まった髪の毛を洗ってやり、近くの美容院へつれていくと、満面の笑顔になった。

「わたし、こんなにきれいになって、どこかへ、出かけたくなったがね」というので、

「じゃあ、久しぶりにことぶき町の家へいって見るかね」

「ことぶき町の家、それはどういう所かね」

以麻の家へきた時は失語症に近い状態だったが、なんとか会話ができるようになっていた。しかし、母は自分の家が思い出せないようである。以麻は古い記憶を甦らせるためにも、母を実家へ連れていくべきだと思った。

「ことぶき町の家へいけば、きっといろんなことが分ってくるわ。ヒクちゃんやお父さんの写真もお仏壇もあるんだよ」

「ヒクちゃん、ヒクちゃんに会えるかね」

中学二年で突然亡くした息子のことを思い出したのか、母の頬に涙がつたわった。人間とは何と複雑であることか。生きている人間の識別は分らなくても、亡くした息子のことは思い出すのである。

電車とバスを乗りつぎ、二時間ちかくかけて実家のあるバス停に降りた。

「年の暮だからやっぱり寒いね。晩ごはんは温かい魚すきがいいね。お母ちゃんも好きでしょう。かきやいろんな魚の切身たくさん入れてね。ついでに買物していこうか」

と声をかけた。馴染みのある実家あたりの風景が近づくと、

「米を買うなら、あそこ。魚はやっぱり年ちゃんの店が一番だよ」

と以麻を案内するほどになった。

「あれまあ、畑中さん、元気になられたかね」

店の人に声をかけられると、

「娘の旦那さんや孫たちがみんな良くしてくれるわね。わたし、娘を一人生んどいて本当によかったわね」

母の馴染みの店は、以前のまま健在で行く先ざきで母はその言葉をくり返した。実家の近所隣に挨拶に出向くと、母に思いがけない助っ人ができた、と見たのか人々は、

「あれ、畑中さんすっかり元気になられてよかったね」

それまで母に冷たかった人々も丁寧な言葉で迎えてくれた。まさかあの娘さんが、と誰もが驚いたようである。祖父母に愛された以麻が、祖母と不仲だった母から冷遇されていたことは近所の誰もが知っていた。近くの八百屋は、あの娘なら、どんな難しい姑さんでも大丈夫だ、と語り種にしていたそうである。その以麻が母の助っ人役を引き受けていることが、実家の近所では意外だったようである。

母の家からなぜかもう母の表札は外され、窓際に捨ておかれていた。ここまでするの、背筋にぞっとするものを覚えた。母はまだ生きているのだ。ふたたび母の表札をかけ家の

中へ入った。父と二人分の土鍋を見つけ、持参したカセットコンロで、盛りだくさんの魚すきを作りだした。

「みんな消化のいいものばかりだから、たくさん食べてね」

「なつかしいね、こんなご馳走何年ぶりかしら、息子の家では洋食が多くてね。うんざりだったわ。こんな見事な鍋物、まるで竜宮城へ来たようだがね」

味わうことの楽しさで、脳の働きが良くなれば良いと思った。

「やっぱり自分の家が一番いい。極楽さま、極楽さま」

アンカで温かくなったふとんに入ると母は、極楽さま、極楽さま、と歓喜にみちた言葉を繰り返し、小踊りでもするように足をばたつかせて喜んだ。まるで仏の掌の中に帰ったようである。何事もなければ秀でた頭脳に恵まれた母は、幸せな人生を送る筈だったのだ。

母は気持よさそうな眠りについているようだったが、以麻はなかなか寝つけなかった。

母は実母の胎内にいるころから両親の離婚話が進行中だったことに加え、小学生になってからも極めて軽率な実母の行動によって、ひどく傷ついている。

母の登美は名門として知られる地元の小学校で抜群に成績が良かったということで、教師たちからも目をかけられていた。登美が小学校の三年生の時、突然生みの母が学校に現れ、登美に面会を求めたのである。

「わたしは登美の生みの母です。どうか一目登美に会わせてください」

実母はすでに東京の実業家と再婚し、裕福な暮しぶりが外見にも態度にも現れていた。いかにも東京の山の手風の二人の異父姉妹もいっしょだった。

校長はじめ担任たちは、その成功者然とした母親の申し出を、登美の教育上決して良くない、といって強く拒んだ。開校以来、このようなことは前代未聞である。育ての親に対する礼節もまるでなってない、絶対会わせるべきでない、という意見が強かった。しかし、実母は明日は東京へ帰らなければならない、この機会を逃がすと登美と会えるのはもうない、と強引だった。

「登美ちゃんを生んだのは私ですよ。ここにいる二人の女の子は、あなたの妹たちです」

と語ったのである。二人の姉妹は東京のデパートのウィンドウから脱け出たようなハイカラな洋服姿だった。しかし登美はそのころの下町ではまだ当り前の縞木綿の粗末な着物姿だった。この愚かな母の行動は、少女の登美の心に突然襲いかかった天変地異のような災難であったに違いない。その傷が彼女の性格を大きく歪めた要因になったと考えられる。驚きのあまり彼女は一言も発することができなかったようである。

「東京からお見えになったお母さんなど信じてはいけませんよ。決して賢いお母さんではありません。登美さんは、いっしょに暮しているお母さんだけを信じ、今まで通り仲良くするんですよ」

校長をはじめ担任の加古先生も口を揃えて登美に語ったそうである。登美もやたら着飾った美しい母には親しみが持てなかったようである。教師たちはそんな登美の災難を思いやり、NHK名古屋開局記念の合唱コンクールにも登美を出場させたり、何かと気配りをした。家にこもりがちの気難しい養母より、登美は自分を大切にしてくれる教師たちになつき、家にいるより学校で過すことが楽しかったようである。明晰な彼女は、軽薄そうな実母にも違和感を抱き、義理の母とも前のようにはしっくりといかないようで、考えてみれば登美は気の毒としかいいようがない。母には身内というものがまるでなかった。祖父が養子だったので、親戚はみな祖母方の血筋で固められていた。そんな訳で親戚づき合いもストレスの連続のようだった。戦後焼け出されて着のみ着のままの暮しがつづき、藁にも縋る思いで東京の実母と再会する決心をしたようである。しかし、実母もすでに実業家の夫を亡くし、邸宅も売り払って、おぼつかない暮しぶりのようだったが、夫の存命中に三人の娘を東京の女子大に学ばせたので、異父姉妹たちはそれぞれ、医師・大手マスコミのエリート社員・光学機器メーカーの経営者などに嫁いでいた。登美は実母から何も得るものがない上に、異父姉妹たちの眩しいばかりの栄達ぶりに、却って身分や境遇の隔りがいっそう惨めに見えるだけだった。会わなければよかった。自分はとことんついてない捨てられ者なんだ。やり場のない苛立ちを、理由もなく祖母に向って投げつける。

「わたしは、年をとっても絶対に子供たちの世話にはならんからね。全部自分でやるわ」

緑内障ですっかり失明し、もう七十の坂を遠く越えた老いさらばえた祖母に向って、登美は毒のある言葉を投げつけた。失明したとはいえ、祖母は誰の手を借りる訳でもなく、手さぐりながら何でも自分でやってのけた。母のあまりの言葉に以麻はムカッとなったが、祖母のために黙って耐えた。祖母も一切さからわず、百本たばねた紙縒《こより》を般若心経一巻唱えるたびに一本ずつ折り曲げ、千貫経を上げるのだ、と念仏三昧の日々だった。一日中陽のささない狭い通り部屋で過した祖母は、以麻が高校一年の秋かぜをこじらせて寝つき、十日ほど床についたきりで七十七歳の天寿を全うした。ふとんの中でも小声で般若心経を唱えつづけ、お念仏の声がしなくなったと思って見にいくと、朝早く息絶えていた。長年義理の仲の登美との確執で気苦労したが、最後まで誰にも迷惑をかけず、すこぶる良い終り方だった。

表札は何回も外されたが、実家と以麻の家を往ったりきたりの暮しが数ヶ月ほど続いた。日赤のボランティアを何年も続けていた以麻は、県外の優れた老人施設なども見学したり、それなりの研修もいろいろ受けているので、そのことが多少役に立ったのかも知れない。

ボケにはお墓参りがよく効く、とある本で読んだことを思い出した。十二月のあるおだやかな日を選んで、名古屋東部の墓地公園へつれていくことを思いついた。先祖代々のお墓の前に立って母といっしょに般若心経などいくつかお経を唱えていると、真昼の紫外線をもろに受けているのか、母の顔は濃い牡丹色の血色になりだした。異常なほどの紅潮ぶりに血圧が急上昇したのかと思い、

「大丈夫、気分悪くない、タクシー呼ぼうか」

というと、

「今までにない、いい気分するがね」

母は何事もないひどく落ちついた様子で、墓地を訪れる人々とすれ違うたびに、ねんごろな挨拶をかわし、

「まあじっき、わたしたちが入る番ですなも」

といったりもする。そのうちに不気味な紅潮ぶりもしだいに治っていった。養父母や夫、

少年期に亡くした二人の息子たちへの想いが一気に重なって思い出されてきたのだろう。その想いを一心にお念仏にこめていたのだ。愛惜と懺悔が激しく交錯した嵩ぶりが初冬の真昼の光を浴びて、顔色を牡丹色に染めたのだろうか。亡き人々の歓びが光となって母の上に注いだのだろうか、不思議な顔色である。

「今までにない、いい気分するがね」

といったのは、内部の深層にわだかまっていたものが、一気に洗われて清浄になった状態なのかも知れない。登美は養母や夫の骨拾いにも出なかった。小心というよりは、彼らに向けた理不尽なまでの横着な言動が、相手が不在になってしまうと、そのうつろな空洞に谺するように彼女自身にはね返り、怯えるようになったのだ。心の底からくみ上げるように懺悔することによって、彼女は長年の怯えから解放されたようである。

電車が名古屋を出ると間もなく、古い煉瓦づくりの倉庫が線路際に見えてきた。

「ほら、これは、津田のお父さんがまだ明治のころに建てられた当時名古屋でも珍しかった赤煉瓦の倉庫だよ。今は東海地方の建物遺跡として保存されてるんだよ」

と告げると、母は手を合せて合掌をした。

母の実父は聡明な二号夫人と再婚したが、母の姉の照と母をひき取り、子供のいない実家の兄夫婦に託したのである。東京蔵前の高等工業を出たあと、名古屋城の家老職にあった志水家が起した建築会社で、西洋建築を手がけた創成期の建築家であった。しかし、大正のスペイン風邪であっけなく三十二歳の若さで他界した。二人の遺児に残された遺産は莫大な金額であったが、二人の遺児にはあまり当てられず、昭和の大恐慌の煽りをうけ大方兄弟たちに使われたようである。更に母の登美は兄嫁の親戚筋へ養女に出されてしまったのだ。実父が莫大な遺産を兄夫婦に託したにもかかわらず、養育費は何も渡されなかった、ということである。それが養母の最初の不満だったようである。実父の建築家さえ健在であれば、登美の運命は、これほど酷くならなかっただろうし、東京の異父姉妹に負けないくらい幸せになれたかも知れない。電車の窓から一瞬ではあったが、古びた煉瓦づくりの倉庫に合掌した母の姿が哀れでならなかった。

やがて、知立《ちりゅう》、という駅名が告げられると、

「ここで乗りかえするんだったね」

といって母は自分から席を立った。あまりの回復ぶりに以麻はひどく驚いた。

老人は心のわだかまりがほぐれるだけで、これほど健やかになれるのだ。母とのお墓参りで、いろいろなことを教えられた。

「ここは旦那さんも孫もやさしいで、いつまでもいたいけれど、息子たちにはみんな一軒ずつ家を持たせたるで、やっぱり息子の所へ帰ってかないかんわ」

という程に回復したのである。以麻に相続放棄させたことをやはり覚えていたのだ。

「わたしは、タワケだったわね」

自らの不覚をそんな短い言葉にこめていた。

「遠慮せんと、来たいときはいつでも来ていいんだよ。お母ちゃんの身の上を案じておられる仏さまのお気持を、大切にしたいから」

「ありがとなん。また天気の良い日にお墓参り連れてってなん」

お墓参りでよほど気分が良かったとみえて母はそういった。

正月が近いので小学生の孫を相手に俳句かるたの練習もやるようになり、よく取れるようになった。

年末ともなると以麻もなかなかと忙しい。

「あら、政宗はどうなってるの」

大河ドラマもおざなりになっている以麻が呟くと、

「政宗は先週に死んどるがね」

と前の週のストーリーまで記憶できるようになっていた。笑顔の絶えない日々の暮しが効いたようである。末っ子の小学生の娘が夜おそくまで勉強するのに、首の周りが冷えるといけない、といって目は不揃いだがネックショールを編みあげたのには、驚きの声を上げるほどだった。以麻のところへきたときは、糸も針も使える状態でなかったし、失語症がひどく会話も成立しなかったのである。その母がそれ程までに回復したのである。健常者に戻る日の近いことを信じた。以麻の家で正月を過したあと、母の希望どおり、息子の家へ帰っていった。それでも以麻は時々弟の家まで出向き、母の好きなデパートのイベントなどにも誘ったりした。

「わたし、はどこへも出かけん方がいいことにしたわ。ここだけに居ることにするわ」

玄関先まで出てきた母は顔色も悪く、ひどくおどおどした様子である。どうやら弟夫婦から禁足令を出されているようだった。

「お姉さん、お姑さんのことは、どうか私共にお任せください」

嫁が止めを刺すようにいった。しかし、暫らくすると認知症状がぶり返し、徘徊もひどくなったのでふたたび老人病院へ入れられ、以麻が見舞いにいくとベッドの柵に両手を縛りつけられていた。数年後には足も腰も弱くなり、徘徊の症状が治まると、母は骨と皮ばかりに痩せ細り、別人のように小さくなっていた。別の弟からの連絡で夫と以麻がその老人病院へ駈けつけると、もう声は出ないのに、何か言いたげに、しきりと口許を動かすのである。

「何といってるのかしら」

「口の動きをよく見てごらん。アリガトウ、といってるんだよ」

すでに両親を見送っている夫がいうのでよく見ると、やはりアリガトウの口の動き方である。最後に母はきちんと正気に還っていた。その日の夜晩く母は息をひき取った。

母からアリガトウといわれることなど、何ひとつやってない。親不孝ばかりやってきた。気づくのが晩かった。上辺のささくれごとに抗ってばかりいて、母の深層の傷により添ってやさしい気持など傾けもしなかった。そのことが、その時はじめて痛みを伴って襲ってきた。アリガトウ、それはまぎれもなく知性の表現である。母は死の間際に知性の人に還っていた。涙がとめどなく流れるばかりだった。

# 六　アブノーマル

# オカメダワシのヒクちゃん

父が脳内出血で突然に亡くなった、という知らせを受けたのは、幼稚園児の末娘のバースディーケーキを作っている最中のことだった。血圧が高めであるとは聞いていたが、これほど空っ気なく逝くとは考えていなかった。茫然としている間に全てがベルトコンベアーに乗せられていくように執りおこなわれていた。火葬場から戻ったあと初七日のお経もじき終り、坊さんが引き上げると、何の前ぶれもなくある弟から一方的に相続放棄の宣言を受けた。父の突然の死で半ば放心状態のところ虚を突いたやり方だった。骨壷は余熱でまだほんのりと温もっているようだった。金銭ごとにうるさい母が黙りこくっているところを見ると、あらかじめ母とその弟の間で内々にとり決めていたことが察しられた。母や弟と不愉快なもめ事を避けるため以麻は何もいわず、告げられた通り相続放棄の書類を郵送した。

「大事なものを、どうも有難う」

母から白々しい電話があったきりで、相続放棄の大切な判に対する謝礼などまるでなかった。自分の身内がこれ程までにアブノーマルであることに驚くしかなかった。父は円満な人柄で、身内に限らず人を傷つけることをひたすら避ける性質だった。骨壷から父のすすり泣きの声が漏れてくるような気さえする。以麻を身内の埒外へ放り出すことで、遺産を多く与えた息子たちから大事にされたい、という母の単純な心理が読みとれる。

ショックのあまり眠れない日がつづき以麻はついに心療内科へ通うことになった。そんなに金が欲しけりゃ、玉の輿に乗ればよかったじゃないか。結納金ともいわない酒飲みの横着者の所へ手鍋さげてお勝手道具まで揃えて嫁にいき、家まで持たせたお人好しのご大層が、親の遺産を当てにするのはチト虫が良すぎるというもんだ、以麻の頭の中でそんな言葉が蟹の泡のように吹きだしてくる。手鍋さげてくるほど惚れた訳ではない。みなホラ吹きジャックの仕掛けに嵌ったトンマな三文芝居に過ぎなかった。トンマは自分を含め気のつかない所でいろんな人を傷つけている。結納ともいわず結婚式に夫の親は欠礼したのだから、以麻の親は目の前で娘をまんまとさらわれたようなものである。父や母に随分とひどい思いをさせ、済まない気持がこみ上げてくる。それだけでも相続を辞退したい気持だが、かといって弟や母の態度に解せない思いがあるのも事実である。和やかさを欠落させた母の身勝手は長年に渡って家庭内の調和を乱し、まるで乱気流に支配されてるような家だった。そんなことを考えている間に、以麻は今まで見えなかった自分の影にふと気づくようになった。そんな彼女の不安定な影に夫や親友の時江や周りの人々はみな気づいていたに違いない。身近な夫や時江たちには随分と気を遣わせたようである。人を結びつけるのは居心地の好い安定性なのだ。誰も怨むことはない。誰だって自分のセンサーで生きている。ソッポを向かれたら、風にまかせて歩いていけばいいのだ。ソッポの後姿に向って、じゃあね、というだけでいい。それがどんなに辛いソッポであろうと、じゃあ、またね、といって風の方向のままに歩いていけばいい。ひたすら自分に合った風を待つことだ。そんなことを考えながら心療内科の順番を待っている間に、かなり気分がほぐれてきた。

スープの冷めない場所に息子たちに家を持たせ、母は形ばかりのひとり暮しを始めたのだが、息子夫婦とはしだいにうまくいかなくなり、以麻のところへ電話でとるに足りない愚痴話を伝えてくるようになった。身勝手な母に辟易としたが、しきりと淋しがるので、週に一度日赤のボランティアで名古屋まで出向いた帰りに、母の許へよく立ち寄った。要するにサービスをした割に息子たちは自分を大切にしてくれない、というのである。母が弟たちに与えたのは土地や中古の住宅だったので、その後も家の新築費用や改築資金などかなりの金額を息子たちから求められるままに用立てていたようである。そんな具合に甘やかした息子たちを当てにした母が愚かであることに彼女は一向に気づいていない。相続放棄の揚句心療内科へ通った以麻には迷惑なことだったが、あまり淋しがるので慰め役に廻ることにした。そのうちにどの息子にどれだけ貸したのか記憶が覚束なくなってきた。

「これはどういうものだろう」

と母がポーチから取り出したのは、トータルで五百万ほどの出金伝票だった。

「お母さん、何に使ったのか記憶にない、といってるけれど、心当りないかしら」

次々と弟たちに電話で聞いてる間に、

「それ、僕が改築する時に借りたんだわ。いずれおふくろの面倒みるつもりだから」

という弟がいた。そのことを母に話すと、

「そんなことあったかしら」

という返事だった。母の通帳類を見ていると、数百万という新車代金らしい出金もある。息子にサービスをすれば、いずれ自分が大切にされる、という単純な息子信仰の結果のようだ。預金通帳は実にドラマチックである。息子に甘い母親と、その甘えに慣らされていった並みのサラリーマンでしかない弟たちの、侘びしすぎるドラマを垣間みる思いがした。

以麻は母や弟たちの円陣の外側に置かれたことを初めて、これでよかった、と思った。

母の認知症は統合失調症も伴って一気に進み徘徊や言語障害も起るようになった。父の死後、七、八年施設に入っていた。その間、以麻の家で暮したこともある。

その母が亡くなったので、いずれ弟たちから相続の話があるものとばかり思っていた。

ある日、何の前ぶれもなく、

「姉さん、代書屋さんが相続放棄の書類を持っていくから、判だけ捺いて返送してよ」

赤ん坊のころから汚物の洗濯や子守など、よく面倒を見た戦後生れの弟からの電話だった。我侭な性格で職を何回も変えており、かなり不遇な暮しぶりのようである。

父の遺産のとき、以麻があっさりと相続放棄をしているので、そのつもりでいるようだ。しかし、さすがの以麻もそれには応じかねた。長年母が年金の受取りなどで付き合っていた大手の地方銀行へ出向き、母の預金額などを調べにいった。以麻が畑中登美の長女であることを告げると、対応に出た行員は、

「四人の息子さんの連名で、もう相続は完了しております。息子さんの他に娘さんがお見えになったことはまったく知りませんでした。これは、とんだ失礼をしておりました」

驚きのあまりその行員はひどく狼狽した。

以麻はあまりにも常識を逸脱した弟たちのマナーに呆然となった。

不動産を相続した者は、預金などの動産は辞退するというのが世間一般の慣例だが、もうそんなことどうでもいいことだと思った。杓子定規な考え方でなく不遇な身内にはそれ相応の配慮も考えていたが、ただ闇雲に身内の間を土足で荒すようなマナーと向き合う気がもう起らなくなっただけなのだ。

何百年と続く家系の人々は、身内の端から端まで気持を通わせて仲むつまじいものである。以麻の友だちの中にも、お祖父さんの甥がこの辺に住んでるから、ちょっと寄っていくわ、という人がいる。表情は元より全てに和やかなものが漲っている。そういう福徳を感じさせる人と出会ったとき、古い身内かも知れない、と思えばいいのだ。

母の遺産は数千万ほどだったが、父の時と同様に、以麻は彼らの望む通り相続放棄の書類を郵送した。

分かちあえば余り、奪いあえば足りず、以麻はポストの前を去るとき、自ずと呟いた。

その後間もなく他のどの銀行よりも先がけて、その大手の地方銀行は相続の手続きに、原戸籍の提出を義務づけた。


両親も亡くなり、自分ひとり仲間外れにした身内から遠ざかっていきたいという、何ともいいようのない寂漠感の中で、中学二年の時、学校の保健室で若年高血圧症の発作で、突然息を引き取った弟のヒクちゃんのことをしきりと手繰りよせていた。

「ヒクちゃんが達者でいてくれたら、みんなこれほど底なし沼のようなアブノーマルにならなくて済んだのにね。銀行に出す書類の中で姉ちゃんも亡者のように相続人の中から消されていたわ。ヒクちゃんも、やっぱりあの家の因縁には合わないとみえて、仏さまがお手元にお呼びになったのかしら。自分に合うご縁とめぐり会うには、自分に係る悪い因縁を浄化しなければね。姉ちゃんは、まだまだ精進が足らないようだわ。その点ヒクちゃんはあの家のイヤな因縁から完全に遮断されてたようね。今にしてヒクちゃんに教えられることたくさんあるわ。どんなにイヤなことがあっても小さいころから抗わず、涼しい顔でスイーッと立体交差のポーズだったもんね。いつもにこにこと穏やかで楽しそうにしていたけれど、あの家のやりきれないムードは辛かったでしょうね。でもそんな素振りはまるで見せず、いつも明るくて、人なつこいからどこからもお友だちが大勢よってきて、中には大人たちからも慕われて、ヒクちゃんはほんとうにあの家系には向かない不思議な人柄だったね。ほんの束の間、風のまにまに迷いこんだお客人だったのかしら」

四人目の弟のヒクちゃんへの回想は、そんな語りかけから始まっていった。すこぶる額が秀でているので形の良い鼻も低く見えるのである。赤ん坊のころからそうだった。終戦直後の食糧難でまだ二歳に満たない彼はいつも下痢気味だった。それでも漏らしたことは一度もなく、辛い体調なのに笑顔をたやしたことがない。その表情があまり可愛いので以麻が、ヒクちゃん、と呼んだのが切っ掛けだった。じゃが芋、さつま芋、そして芋の蔓などを大人といっしょに食べた。どんなに粗末な食べ物も、彼はうまそうに口に運び、ひもじさで幼な児はよく空腹のあまり泣くものだが、彼はいつも笑顔を絶やしたことのない不思議な子供だった。空腹のあまり眠ってしまったことがある。栄養不良とひどい下痢がつづき脱腸になっても、下駄屋の小舎の土間の隅の便所から、

「またノコが出た」

と知らせるだけで、決して泣いたりしなかった。祖母や母が粗い落し紙でノッコリと出た脱腸をひっこめてやると、ほっとした笑顔になる。母はすでに下の子供を孕っていたし、買出しや近くの空地を見つけては畑仕事をやっていたので、ヒクちゃんの世話は大方目の不自由になりかけた祖母がひきうけていた。ヒクちゃんが祖母から受けた影響は決して少なくない。

「ヒクちゃんは涎小僧さんだなん、涎の多い子は丈夫だそうだで」

とにかく涎がひどく、祖母は小まめに涎かけをとりかえてやっていた。兄たちとは三、四年離れているのでまだ二歳のヒクちゃんが兄たちと遊ぶ姿など見かけなかった。下駄工場の小屋には、絹糸を巻きつけた枷がうず高く積みあげられていたし、祖母が手すさびに絹糸手毬をつくる傍ら、ヒクちゃんは糸巻きや枷をころがして面白そうに遊んでいた。幼子は紙切れでも小石でも目につくものを何でも玩具にして遊ぶものである。やっと数え年で三歳になったばかりで母に甘えたいばかりなのに彼はもう兄になってしまった。赤ん坊に手のかかる母よりは、彼は何かと祖母を相手に暮す時間が多かったようである。祖母の膝の上で昔の古いわらべ唄など聞かされていたこともある。泣きもせず、いつもにこにこと温和なヒクちゃんは、ともすると兄弟の中でひどく目立たない存在だった。

その泣かないヒクちゃんが五歳くらいのとき、近所のお転婆娘に泣かされたことがある。しかも最後にはお腹をかかえる程の大笑いになったのである。通学をする兄や姉たちには下駄が買い与えられたが、ヒクちゃんは足の踵が出るほどの破れた草鞋をはかされていた。敗戦直後、田舎では下駄も高級品で、田舎の子供たちは自家製の草鞋をはくのはごく当り前だった。しかし、近所のおしゃれでおしゃまな女の子は、いつも花柄の塗下駄や高価そうな草履などもよくはいていた。祖父母の家が履物店をやっていたからである。あるとき破れ草鞋のことでヒクちゃんに、ひどい悪態をつき、余程自尊心を傷つけられたとみえて、泣きだしたのである。泣いたことのないヒクちゃんを泣かせてしまい、言いすぎたと思ったのか、女の子は翌日になると、

「ヒクちゃん、きのうは、ごめんね」

と謝ってきたのである。

「許して欲しければ、この草鞋の裏をなめてみな」

とにっこり笑い、ヒクちゃんは片足を後向きにひっくり返したのである。一本足の案山子が道化たようなその恰好があまり面白かったので、少女はその場で笑い茸のように笑いころげたということである。

「草鞋をペッ、草鞋をペッ、ペッペッペッ」

少女はもう下駄を履くのをやめ、草鞋で一本足の案山子の道化ぶりを周囲に伝えて廻るので、みんながそのユーモラスな恰好を面白がって草鞋あそびを考えついたそうである。

「ヒクちゃんは知恵のある子やねえ。ボロ草鞋履いてても、いうことはお殿さまみたいやね。でもお殿さまみたいに威張らずにトンチがきいてて、一休さんみたいな子やねえ」

近所ではそんなことが囁かれるようになった。

母親の背中に負ぶわれ、火の手に追われるように夜間空襲の中を逃げ廻り、彼は幼くして生と死の瀬戸際と向き合っている。内側に沈潜した恐怖は計り知れないものだろう。笑顔の背後にどれほどの悲しみが潜んでいることか。悲しい者は笑うことで耐えなければならないのだ。理屈ではなく体験として彼は幼くして悲しみの原風景を通っている。ヒクちゃんに較べて以麻はかなり鈍い方だ。だからユーモアもなければ、相手の立場を気づきもしない。

## 赤デブさんの号泣

父や母、他のどの姉兄たちにも容貌その他まるで似たところがなく、読書好きではあったけれど、どこから学びとってくるのか、中学生にしてはひどく物識りであった。持ち前の瓢軽で生来の明晰をうまくカバーした上、気立てがよくてすこぶる人なつこい性格なので、同年輩の友だちのみならず、いろんな大人たちとも幅広い交友関係に恵まれていた。通称赤デブさんと呼ばれた火葬場の作業員とも付合っていた。彼は住宅地とは離れた池の近くの小さな一軒屋に住んでいて、家族もなく世間との交流もあまりないようだった。池で川魚や蜆をとったり、近くの屠殺場から牛や豚の内臓をもらってきては、それでいつも焼酎を飲むので年柄年中あから顔なのである。そんなことから人々は、赤デブさん、といって変人あつかいをし、交流もしなかったようである。ヒクちゃんがどのような切っ掛けから赤デブさんと近づきになったのか分らないが、小学生のころから魚釣りやザリ蟹とりが好きだったので、その池へ川魚とりにいく間に顔見知りになったのかも知れない。マハトマガンジーの熱烈な崇拝者だったので、人を差別しないという思想が根底にあったと考えられる。ヒクちゃんは、いつも釣った魚を池に放してしまうので、赤デブさんにはそれがひどく不可解だった。殺生についていろいろと聞かされている間に、赤デブさんはかってない驚きと新鮮なものを覚えたようである。

「俺はいつも屠殺場から牛や豚の臓物をもらって喰っとるが、地獄へ堕ちるだかね」

と真剣にきいてくる。

「殺された動物のために、祈ってあげなよ」

「どうやって祈るだ」

「食べる度に、ゴメンネ、ナンマンダブツ、ナンマンダブツと何回も唱えればいいよ」

「あんた坊さんになるつもりか、あんた、どこの誰だ」

「僕ことぶき町のヒクちゃんだよ。坊さんにはなりたくないよ。もっといろんな面白いことしてみたいし、金儲けもしたいさ。誰だって面白いことや楽しいことをするためにこの世の中へ生れてきたと思うよ。殺生やらなくても面白いことは沢山あるよ。牛は草ばかりモサモサ食べて、畑や田んぼを耕し、糞は肥料や薪の代りになるんだって。だからインドでは牛は神さまと同じなんだよ」

「ヒクちゃんは、どえらいこと知っとるなあ」

変り者ではあるが根が善良な赤デブさんは、たちまちヒクちゃんのファンになった。非暴力主義者のマハトマガンジーに興味のあったヒクちゃんは、まだ小学生なのにインド大使館へ手紙を書き、ガンジー展の入場券を手に入れたのである。

小学校もろくに通っていない赤デブさんは、ヒクちゃんから今までまるで縁のなかった知性の世界に初めて触れることになった。

「同んなじことでも、ヒクちゃんが話してくれると、心の中のご馳走がじわーッと骨身に滲みこんでくるみたいだわな」

赤デブさんはそんないい方をし、物識りヒクちゃんは、親切で面白い喋る辞引のような存在だった。世間からよそよそしくされている身の上に、ヒクちゃんはおよそその気配すらない。あらゆることに好奇心が強く、凡庸ではない純粋無垢な心根に、赤デブさんはこの上ない信頼を傾けていたようである。ヒクちゃんの方も、赤デブさんから世間のいろんな珍しい話をきかされ、物識りの種を一層ゆたかに拾い集めたようである。

名古屋の中学へ通うようになってからは、勉強にも一層身がはいり、それに通学時間をとられるので、池へ釣りに出かけることは殆どなくなったようである。転校先の名古屋の土地柄や新しい友だちつき合いなどに一気に気持が傾いたのである。とにかく好奇心の塊のような少年だった。

ヒクちゃんと会わなくなって六ヶ月ほど経ったある晴れたさわやかな秋の日に、赤デブさんは、火葬場でひと仕事おえた後、その場に居合せた顔馴染から、

「いまの仏さん、ことぶき町のヒクちゃんだよ」

と告げられたのである。彼は一瞬茫然となり、やがて声をあげて泣き崩れ、しばらくは起つこともできなかった、ということである。遺骨の拾われたあと、残された遺灰を丁寧にかき集め、ひそかに持ち帰ったことだろう。

兄たちが自家中毒だったり、腎臓が悪かったりで、母は通院や看病に忙しく、赤ん坊の

ヒクちゃんには手が廻らなかったようである。ヒクちゃんのおしめを換えるたびの下痢便に育児づかれの母は癇癪をおこし、ヒクちゃんの尻を叩いて当りつけることがよくあった。赤ん坊はヒーヒーと悲鳴のような泣き方をした。

「気の毒になん、赤ん坊だって腹の加減が悪くて辛いのに、ひどいことをする。母親が苛立つと乳の中にドエライ毒が溜る、と昔からいわれとるわ。便が悪いのはその毒のせいやも知れん。子が可愛ええと思ったら、どんな辛いことがあっても母親はぐっと怺《こら》えないかんによう。お腹の加減が悪いかや、苛々の母ちゃんを堪忍《かね》したってちょうよ、ばあちゃんが、早よ治るようにのんの様にお願いしたげるでね、よし、よし」

そんなことをいいながら、祖母はヒクちゃんを膝の上に抱きあげた。祖母の滞在期間はいつも短くじき名古屋へ帰ったが、祖母のやさしさは乳児の記憶にも刻まれたことだろう。信心深い祖母はヒクちゃんにどんな昔話をきかせたのだろう。食べ物の配給も乏しく慢性の栄養不良なので活発に動き廻ることもなく、それでもいつもニコニコと温和なヒクちゃんの幼年時代のことを以麻はあまり憶えていない。

十九年の三月に入学間もない長男を自家中毒で亡くした母は、都会では疎開が真最中なのに、田舎の官舎に父ひとりを残し、名古屋の祖母の家に逃げてきた。世間とは真逆のことだったけれど、愛児を亡くした土地に住み続けることができなかったのだ。戦災に遭う六ヶ月前のことだった。

　やっと自由に歩けるようになると、好奇心と持前の社交性のためなのかヒクちゃんの足で十数分ほどの親戚までひとりで出かけ、同い年の女の子と遊ぶのが楽しみのようだった。比較的裕福な家で、珍しい玩具や、講談社の絵本も全巻揃っていた。天気の好い日はひとりでよくその賀代ちゃんの家へ出かけるのである。まだ、カヨちゃんと発音できなくて、

「ガヨちゃん」

と涎をたらしながら入口から声をかけたそうである。祖母の妹に当る人がヒクちゃんの独特な呼び方を真似ながらよく話された。彼の人間好きと世間に向ける目は、そんなころから芽生えていたようである。

　いつもにこにこと物静かなヒクちゃんは、誰から教わるでもなく入学前に読み書きもできるようになっていた。学校の成績は兄たちのお古の粗末な服装とは裏腹に抜群だった。かといってそんなことを鼻にかけることなどまるでない。どこで身につけてくるのか学校の勉強とは関係のないことまで詳しい物識りだった。とにかく小学生のころから新聞をよく読んでいた。中学生になるとその物識りが嵩じて厄介なことになることもあった。授業

中に気の向くままつい難しい質問をしてしまうことである。

「お前は教師を試す気か」

戦時中に代用教員として採用された者の中には、ヒクちゃんに辛く当る教師もいた。すでにその頃から高血圧の症状が出るようになり、ひどい眠気に襲われ、半分もできていないひどい答案用紙を出したことがある。

「できるお前が、なぜこんなひどい答案を出した。俺の授業に不満でもあるのか」

と別の教師からも叱られた。

「ほんとうに書いてる間に眠くなったんだよ。わざとやったんじゃないよ」

返されたひどい答案を見せて弟はいった。

「そういえば、名前の字の最後があやふやに崩れてるじゃない。ヒクちゃん、ほんとうに眠くなったんだよ」

以麻はただならぬものを覚えた。

「いちど病院で診てもらうといいわ。それにねえ、ヒクちゃんはこの際名古屋の中学へ転校させた方がいいわ。川浦の叔父さんの家に寄留させてもらうと、富士中学へ通えるよ」

その中学は名古屋でも評判の名門校で、そこからはやはり市内屈指の進学校へ進んだ者が大勢いる。川浦さんは母方の叔父だが、母とはまるで似ていない爽やかな人柄だった。母もノーマルな境遇におかれていれば温厚な性格であったのかも知れない。川浦さんは秋田鉱山高等工業を出た人だったが、若いころ結核を患い鉱山会社は諦めて旧制中学の教師になった人である。教育者であるだけに、ヒクちゃんの転校には大歓迎だった。

転校してからの弟は、水を得た魚のように毎日が楽しそうで、夕食の時も喜々として転校先のことを話した。じき何人かの親しい友だちができ、こと細かにいろいろと話した。名古屋の中心部の出来の良い生徒たちと負をとらないように頑張っただけに成績の水準も良好だった。母は相好が変るほど喜んだ。あまり出来のよくない他の兄息子たちへの不満も、彼ひとりの徳分で帳消しになるようだった。ヒクちゃんは母の唯一の灯になった。

「あんた将来何になるつもりかね」

母が弁護士くらいを期待してきくと、

「お母ちゃん、オカメダワシで二億円儲けた人がいるよ。人間、思いつきと努力しだいで何にだってなれるよ」

と、あっけらかんというので、母は笑いが止まらなくなった。その後、しばらくオカメダワシのヒクちゃん、と呼ばれるようになった。

その彼がもし達者で父の葬儀に居合せていたら、兄とはいえ軽薄な相続放棄宣言をどう受け応えただろう。

「きょうは葬式の日だよ。遺産分けというのは日を改めてするもんだよ。たとえ遺言状がなくても、この先ずっと姉弟仲よくやっていけるようにするのが、仏さんへの一番の供養ではないだろうか、僕はそう思うけれど」

そんなことを手短かにいったあと、彼は誰よりも早くその場を離れたに違いない。結果がどうであれ、自立心と努力のヒクちゃんは親の遺産など、当てにしてなかったに違いない。そんなことを思い浮べていると、気が楽になり、オカメダワシのヒクちゃんに救われる気分になった。そしてヒクちゃんの度量の広さにあらためて気づかされることがあった。多分彼は遺産分けの序列から外されたとしても、以麻のように身内づき合いから遠ざかることもせず、それまで通り円満な身内づき合いを続けたことであろう。そこまで思いが及ぶと以麻は、ヒクちゃんには敵わない、とつくづく思った。マハトマガンジーの大ファンであった彼は、限りなく和睦の気風にみちていた。仲間外れにされながら、ヒクちゃんのように兄弟仲良くできるほど寛容になれるかどうか自信はないが、以麻はヒクちゃんから多くのことを教えられた。彼にはもともと仲間外れの思想すらないのだ。西で仲間外れにされたら東で仲間を見つければいいのである。

「ヒクちゃん、見直したよ、ありがとうね」

「姉ちゃん、兄貴も悪気あった訳じゃないよ。父の急死で頭の中がひっくり返ってただけだよ。そっとしとこうよ。親の借金で苦労する訳じゃなし、良い仏さんだよ。何も貰わんでも感謝と供養は大事だよ。お金が欲しけりゃ、オカメダワシで二億円だよ」

以麻の中に一瞬笑いがこみあげ、弟の言葉は心地よい梵鐘のように渡っていった。

凡庸この上ない父と母の間に、どうしてこんな優れた弟が生れたのだろう。しかし、やはりこの家には縁が薄かったようだ。もっとヒクちゃんに相応しい世界へ旅立ったような気がしてならなかった。

# 七　十三歳の日記

十九年の三月にすぐ下の弟が入学前の七歳で亡くなった。母はひどく不安定になったようで、下痢つづきの赤ん坊のヒクちゃんにさえ尻を叩くなどしてよく当っていた。母の苛立ちがひびくのか、以麻も他の弟たちも病気がちだった。身内運が悪く、助っ人ひとりなく孤立無援の母は、ひりつくようなストレスに苛まれていたようである。

子供が亡くなったのは、水が合わないからだといって、父ひとりを官舎に残し、世をあげて疎開のさかんな十九年の夏に、母は子供たちを連れて名古屋の祖母の家へ帰ってきた。祖母との義理の仲の確執も、子供の為には吹っ飛んだようである。赤ん坊のころから馴染んだ人情味ゆたかな古い下町は、母にとってやはり心の和む場所だったようである。学校の教師、近所の人々、幼馴染みなどに、おきゃんな母はけっこう人気者であったようである。かた苦しい田舎の官舎暮しと違って、故郷は母にとって風の香りにさえ癒されるものがあったのだろう。

「建物疎開からも免れて、在所が残ってるなんて、こんな有難いことないわね」

空襲にも慣れてしまったのか母は、戦争などどこ吹く風、といったほっとした表情でいった。ふるさととは、人に呼吸をとり戻させる場所であるようだ。

しかし、六ヶ月後には三月十二日の夜間大空襲にあい、ヒクちゃんは母の背に負ぶわれて一晩中火の手の中を逃げまどうことになった。熱田さんへ逃げると神さまがお守り下さる、と人々は信じたのか熱田神宮をめざしてなだれこんだ。しかし、じきに本殿のかやぶき屋根に火の粉が舞いおり、一気に炎上した。闇くもに逃げまどう群衆の中に、背中に火をつけた牛が狂うように暴れこんできた。名古屋の南部の低地にはけっこう農地が拡がっていたので、牛などを飼う農家もまだあった。以麻たちは橋の下に潜って牛から脱れた。闇夜の明りは、炎上する戦火だけである。群衆は黙々と逃げつづけた。夜が白々と明けるころ、街道筋のお茶屋さんが店を開けられ、番茶をふるまってくださった。三月未明、底冷えのする朝、温かい番茶にみなほっとなっていた。番茶で一息つくと群衆はまた歩きだした。しばらくするとある大きな農家で、炊き出しをご馳走になった。もう滅多に口にすることのない光るような白米の粥であった。名古屋の南部には古くから熱田神宮に献上する上質の米を作る農家がけっこうあった。自家製のたくわんも梅干もかってない程うまいと思った。母の背からおろされたヒクちゃんは、馴れない手付きで箸をつかい、たくわんを噛みながら、

「これ、オイチイね」

とほっとした笑顔になった。

「坊や、オイチイかね、うちはずっと昔から熱田さまへ漬物をお供えさせてもらっとるで、たんと食べて元気に育つだよ」

そこの主婦は感きわまったたいい方をした。

「すぐ側まで火の手が迫ってきて、どうなることかと、一晩中眠れなんだわ。ほでもまんだ命があっただけ良かったと思わななも」

そして土間から立派な神棚に向って大きな拍手を打ち、身を震わせるようにして、祝詞のような言葉を幾度となく繰り返し唱えた。

「おいしいかね、ヒクちゃん、よかったねえ」

母は自分の茶碗からもヒクちゃんに食べさせていた。母もいっとき神の掌に戻ったようなほっとした表情で、たくわんを食べお茶を啜っていた。

そんな幼児体験は、記憶の表面から消えることはあっても、時間の濾過層をくぐり抜け、人格形成に深くかかわったとも考えられる。

「この辺り、どの辺かしら」

母が訝しげにいうと、

「御器所《ごきそ》辺りかも知れん。御器所の百姓衆は熱田さんにお供えする米を昔から作ってござったで、田んぼもまだ仰山あるし、熱田様のお供物に使うかわらけを作る窯もあったわな。熱田はまあ、じっきだわなん」

祖母はいった。

「ヒクちゃん、お腹いっぱいになったのか、よく眠ってるみたい。親切なお人に会えて本当によかった。地獄に仏だね」

落ちのびながら母の声も安堵を交えていた。

まだ二歳に満たないヒクちゃんは、ひと晩の間に天国と地獄をかい潜ったようである。とにかくヒクちゃんは、人の短所や欠点をカウントしない質だった。それでいて、ガンジーのファンだから熱い正義派でもあった。だからといって、人に同調を求めない。

成績が良い上にユーモアのきいた明るい性格で、時には意表をついた遊びでよく周囲を驚かせたりもした。人ばかりでなく彼には動物もよくなついた。遠足の途中で蛇などを見つけると、訳もなくポケットの中へ納めてしまう。目的地につくと、蛇つかいのように丸くなった蛇を都会の友だちに見せるのである。人なつこく面白い人柄なので同年輩の友だちばかりでなく大人の知り合いも多かった。顔が広いのでいろんな本を借りてきて読みあさる読書家でもあった。どういうものか野球よりも相撲が好きで、町内の祭の余興で子供相撲があると、

「ヒクちゃん、まわしをつけてよ」

と近所の子供たちが押しかけてきた。

教育大学を出て教職の資格はあるのに、足が不自由なために学習塾をやっている若者とも親しくなった。塾の生徒ではなかったが、何かの切掛けでヒクちゃんは彼からも声をかけられるようになった。勉強ではなく、ヒクちゃんが彼から教えられたのはギターだった。「湯の町エレジー」などの流行歌を爪弾いたりして楽しんでいた。

家のすぐ向い側は町内の集会所であった。その地方ではけっこう名の通っていた梶田東《とう》涯《がい》という書家が、その集会所へ出張稽古に通っていた。近くの農家の跡取りなのだが、鍬も使えず農作業がまるで駄目なので、家族からは木偶の坊あつかいにされていた。しかし、筆を手にすると、紙が黒くなるまで一日中書に没頭するという人物だった。家族から表六玉あつかいにされ居場所がないとみえて、方々に子供相手の書道塾を開いてわずかな収入を得ていたようである。達人といわれながら偉ぶらず、破天荒なまでに無欲で大らかな人

柄だった。東涯先生はヒクちゃんとは抜群に相性がよかったと見えて、指導ぶりは念入りだった。これぞと見込んだ弟子に東涯先生は惜しみなく教えを傾けた。その地方は書の三筆のひとり小野東風の生誕の地であるだけに、書道熱は地域をあげて盛んであった。東涯先生は、三筆のひとり空海にも惹かれるものが多かったのか、やっと中学生になったばかりのヒクちゃんに、空海の思想や書を吹きこんだようである。そして空海文字や詩文なども伝授しだしていたようである。以心伝心というのか、初めて出会った空海文字にヒクちゃんはたちまち夢中になり、造形的な面白さと空海の詩文にひどく魅せられたようである。空海のころには、竹の端を槌でたたいて砕いたものを、筆として用いたことがある、ときかされると、ヒクちゃんは面白がってすぐやってみる気になった。その竹筆が意外と気に入り、たちまち熱中した。空海の時代にタイムスリップしたような気分になったようである。空海の詩文から引用した言葉を、空海文字で、自作の竹の筆で作品を書いたのである。それを規模の大きな書道展に出品したところ、そこで江口賞という最高の賞をとることになった。亡くなる数ヶ月前の昭和三十一年の夏のことだった。

ヒクちゃんと以麻は八年はなれていたし、中学・高校時代は学校中心だったので、幼い頃の彼の記憶があまりはっきりしない。戦後は狭い庭でも鶏や兎を飼う家が多かった。とりわけヒクちゃんは兎が大好きだった。彼は近所で生れたばかりの子兎をもらってきて飼い始めた。以麻は兎の好物のはこべを少し遠くまでいって採ってきてやった。小学校へ上る前のヒクちゃんは、餌を与える時だけ、小屋から兎を出して、無心に話しかけながらハコベを食べさせていた。

「兎さん、いくらでも草を食べてしまうよ。そんなに食べたら晩ご飯がなくなっちゃうよ」

と心配そうに話しかけている。

「明日また姉ちゃんが採ってきてあげるよ」

「兎さんの目は赤いビー玉のようだね」

といつまでも飽きずに眺めていた。うっとりと神々しいほどに至福の表情だった。

書道展に最高の入賞をしたその年の四月から彼は列車通学で名古屋市内でも評判の良い公立中学に転校した。親戚の住所へ寄留という形で強く転校を希望したのは以麻である。田舎の中学で、気難しい教師に気兼ねして萎縮させてしまうことが、忍びなかったからである。国鉄で三区も乗れば、名古屋の都心のその中学の最寄駅に訳なく着くので、恵まれた通学環境だった。新学期でもあり、担任の方針で教師と生徒の交換日誌をつけるようになった。

以麻は彼が亡くなった翌年に結婚したが、家を出るとき、彼の記した日記帳やその年に使った空海文字の年賀状の版画の原版などを、形見のようにして持って出た。しかし結婚前後の慌しさもあり、彼女はおよそ半年ほど続いた日記をじっくりと読みこんでいなかったようである。一日を二百五十字程度の文章でまとめているが、文章の他、詩、短歌、俳句、とバラエティーに富んでおり、書くことが余程好きだったようである。日記は四月九日から始っており、没後五十八年を経て読み返しても新鮮である。就床前の束の間を惜しむように書いたものだと思われる。文章や詩歌に十三歳の少年の初々しい感性が漲っており、言い得て妙なおかしみさえ伝ってくる。

日記は亡くなる八日前の十月二十三日で打ち切られている。何よりも日記を楽しみに書いていていた彼が断筆をしているということは、すでに書く力がつきていたのだろう。死の予感をはっきりと意識せざるを得なかったのだ。しかし、そのことを家族や級友や教師など、彼が愛を傾けた誰にも気づかれないように、明るくできるだけ飄々と振舞っていた。いってみれば、飛びきり上手い道化を演じていたようである。

「先生、またちょっと頭が痛いので、保健室で休んできます」

弟の頭痛持ちは教師たちも日頃から慣れていた。

「ゆっくり、休んできなさい」

その時も教師はさり気なく見送った。

午後の授業中に中座したあと、弟は虚をつく形でこの世を去った。

好きな日記もついに書けなくなり、日ごと体力の衰えを覚える日々、家から国鉄の駅まで数十分ほど歩き、三区ほど列車に乗り、下車駅からまた中学まで歩いたのである。日記を読むかぎり彼は、たまらなく中学生活を楽しんでいる。学校生活ばかりでなく、この世のありとあらゆるものに愛を傾けていた。文章や詩歌の所々にそのことが垣間見える。授業中たまらなく眠くなって意識がなくなることが時々あった。田舎の教師はそのことを、授業が面白くないから居眠りをした、とひどく腹をたてた。その睡魔は病院の薬ではどうすることもできなかった。仮死の状態だったのだろうか。そんな状態から目覚めると、

「あのままあの世へ行かなくて良かった」

と胸を撫でおろしたに違いない。そうしている間にいつか眠りから醒めなくなるだろう、

という想念はおぼろ気ながらあったに違いない。彼は死に憧れることなどまるでなかった。むしろ死の想念を乗り越えようと心掛けていた。書道の師、東涯先生から空海文字を教えられると、彼は自ずと空海の世界に分け入ることになったようである。常に死と隣り合せで生きた少年が、あれほど明るい平常心に満ちていたのは、その為だろう。空海の時代の人々が試みたように、竹を砕いた繊維の筆で空海文字を書いている間に、ほとんど直感的に空海の世界を会得したのではないだろうか。

生れ生れ生れ生れて生の始めに暗く
死に死に死に死んで死の終りに昏《くら》し

空海のそのような言葉にも出会っていたことだろう。

亡くなる年の版画の年賀状は、省局萬年、と実に端麗な空海文字で横書きに記されており一九五六年と西暦で年号を入れている。以麻は随分しゃれている、と思った。省局萬年とは、永遠に囲いを省くということで、「時空無限」という意味にもとれる。しかし、年の初めを祝福する言葉としては決して適わしいものではない。死を予感していた彼は、生の始めもなく死の終りもない、「時空無限」の世界へ旅立つことを、自分あてのメッセージとして記したのではないだろうか。身体というものは、生命の根本の芯が纏っている衣服のようなものなのだ。身体が滅び去った後、きわめて電気的なエネルギーに近い生命の芯は、最後の瞬間を見届けると大気中にとび出し、宇宙空間に旅立っていく、という発想がいつの間にか十三歳の弟の中に定着していたのかも知れない。死を意識しながら生きた少年の知性と感性は、多分純粋に磨かれていったのだろう。宇宙遊泳に出発した意識体の時空は、地上に滞在した人間時間とは較べようのない厖大なものであり、人としてこの世に滞在するのは、ほんの一瞬でしかない、とも考えていたのだろうか。

そのように考えていたものの、多くの友達や家族との別れ、川や海、山で楽しんだ少年の喜々とした日々、それらと別れることが、十三歳の彼には、どれほど悲痛なことだっただろう。その悲しみに寄りそったのが、省局萬年の安らかな悟りの世界だったのかも知れない。どうしようもない淋しさと錐もみのような悶えの狭間で、いつの間にか生死の地平を超える境地に辿りついたのだろうか。少年に許された非凡な悟りの安らかさなのだろうか。難行や苦行をしたのではないが、それに近い経験をたった十三年の間にしたことだろう。頭痛のあとに襲ってくる不気味な眠りのあと、意識が混濁して生きながらにして臨終の経験をしたのだろうか。

そんな眠りから覚めたあと、

「ああ、生きて還れた」

いいようのない歓喜を覚えたに違いない。睡魔に襲われだした二年の間にそのような奇蹟をどれほど経験したことだろう。目覚めのたびごとに彼は、かつて気づいたことのないこの世の素晴らしさを発見したことだろう。あの明るい穏やかさはたぶんその為だと考えられる。でもいつかきっと眠りから醒めない時が来るに違いない。そういう覚悟の中で、彼は歓びを養いつづけたのだ。宇宙空間へ旅立ってから、人間時代のアルバムを楽しむためだったのだろうか。

## しんどい道草

いつも面白い話題を見つけては、たった二百五十字の日記を楽しみに書いていたのに、十月二十三日から絶筆のまま空白になっている。そのころは書くことがかなり辛かったようで、殆ど毎日つけていた日記が十月十八日から五日間もブランクである。しかも、その十月十八日は、かつてないほどの長い文章で三ページを費やして記している。しかもその中に両親に対する謝意がそれとなく記されている。

……僕は牡丹が好きである。蕾が開いて花びらが拡がり、そしてしぼんでいく間は短いものであるが、その間にも雨の日も嵐の日もある。時にはそよ風が撫でてくれることもある。それを繰り返してはかなく消えていってしまう。人間もそれと変りあるだろうか。いや人間だけではない。生命をもって生きているものはみな同じである。このような平凡な繰り返しを、父や母はよく根気づよく、定められたことをひたすら守ってきたと思う。他界に気をとられず一心不乱に……。

と記している。日常にあって不意に他界に旅立つことをおののきながら生きている弟の、凡庸ながら健気に日々を生きる両親に対する謝意がこめられている。余命幾許もない衰えた体力の限りを尽して書いたと思われる。常に他界を意識して生き抜いた弟の内面が焙り出されている。

死のことなどまるで考えるゆとりもなく、時にはささいなことで右往左往して生きている凡庸な人々への、愛にみちた賛歌でもある。

いつか眠りから覚めない時がやってくる不安と闘いつづけた十三歳は、なんと生きることに熟達した大人であったことか。

いつもあっけらかんと明るく打ちとけた人柄で、彼の周りにはまるで磁石に引きつけられるように子供や少年からいろんなタイプの友だちが集まってきた。自分のための努力はするが、人と成果を競う性分などまるでなかった。その半面ナイーブな性格なので、社会の矛盾や人々に対する批評精神の鋭さは、日記に克明に記されている。教師に見せる文章なのにその教師にさえ遠慮をしていない。

四月十二日

学校の先生は「人間は世の中の役に立つために生れてきたのだ」といった。でも僕はでたらめだと思う。つまり世の中とは人間中心で成り立っているから、人の都合の好いことばかりが大事にされる。その点自然はすごいと思った。あらゆる物を生かしている。人は少しばかり自然を改良したといばっているが、自然は無尽蔵だ。自然がほろびるならば人生もほろびる。自然は永遠にほろびず、あらゆるものを生かしている。自然を見て人間や動物たちは喜ぶが、人間を見て喜ぶのは何もないだろう。

この文章には教師も面白い、とコメントしており、書くことで人生観や世界観が育っていくのだから、これからも日記を書きつづけてください、と赤いインクで記している。

七月十日　詩　「知らない花」

名はあるかも知れない
だが僕は知らなかった
小さい花だった
きれいな花だった
そっと手をのばして　とろうとした
とちゅうで手を　ひっこめた
そして　また　眺めていた

どこかから弟の声がきこえてきそうな、十三歳の少年にしてはつつまし過ぎる詩である。

十月十日　詩「車窓の眺め」

汽車の窓の外は　緑色だ
まだ　稔ってはいないが
穂がついていた

前の人の顔も緑色だ
きれいな緑が反射している
前の人も僕の顔を見て
そう　思ったに違いない
二人とも　今日のこの日を
おもいっきり　楽しんでいる
その楽しみは　内心に
かくしたつもりでも　かくせない
「いいなあ」前の人がいった
「うん」あとの言葉は出なかった。

在りし日の車窓の風景が忘れがたく、死の三週間前に記している。あの世への旅立ちの近い心には、この世の何でもないことが、こんなにも美しく映ったのであろう。なんども読み返したくなる詩である。

十月十三日

人間とは私たちが考えているような物ではなかった。そういう人間が組み立てている世間もそうであるし、もし私一人がこの世間にとびこんでいったならば、まるで狼の群の中にとびこんだ兎である。

と記している。このころ彼はアウシュビッツ収容所を記録した「夜と霧」の初版本を読んでいる。以麻は生々しい恐怖の記述にそれを最後まで読めず、早々に放り出した。自分を兎だと自認した弟が「夜と霧」を読破していたことに、ひどく驚かされた。かなりしなやかで強い心を持った兎である。

十月十四日

人間は生きている間が戦いなのだ。人間の心は動物の中で一番複雑で、狼よりも恐ろしく残酷なものである。平常おとなしそうに町を歩いている人に、そんな心があるとは思えない。しかし、そんなおとなしそうな人も戦争の場へ行くと、そういう気持になるのだろう。生存競争の世の中では、誰しもこんな気持になるのだろうか。

死のおよそ二週間前の日記である。

以麻は日記に向って語りかけていた。

……あの恐ろしい狂気の時代にも、ひどい目に合いながら兎のように生きた人はいたことでしょう。傷ついた人々を被いながらね。世間の流れのままに争いごとに明け暮れた人たちは、自然の美しさや有難さに気づくこともなく、最後はボロ屑のように朽ち果てていくでしょう。心の豊かな人は、ヒクちゃんのように争いごとを好まないから、ゆっくりと自然の方が扉をあけて近づいて来るよ。世間的には陽が当らなくても、幸せな兎人間はたくさんいるよ。姉ちゃんのように八十年ちかく生きていると、そういうことがよく見えるもんだよ。心ゆたかに生きた人の心は、あちら側へ渡ってからも霊格の高い存在となって、素晴らしい宇宙旅行が続けられると思うわ。ヒクちゃんがもっと生きていたら、きっと兎村の村長さんになっていたかもね……

日記には現実に対する鋭い文章を綴っているが、そのような内面など周りの者にまるで気づかせたりしなかった。明るくあっけらかんと飄々と振るまっていた。平凡な中学生の暮しなのに、ずいぶんと日々心にとまることがあったと見える。末期《まつご》の目に映った哀惜なのだろうか。二百五十字ほどの日記をほとんど休むことなく書いている。時には詩であったり、俳句なども二三句書いている。書いている間に感性が磨かれて、いろんな発見に出会うことに気がついたのかも知れない。

しかし、日記は死の八日間前の十月二十三日を最後に空白のままである。よほど体調がすぐれず好きな日記すら書けなくなったのだ。不気味な頭痛やふらつきに悩まされていたに違いない。この次は多分眠りから覚めることはできないかも知れない、そんな不安に苛まれていたことだろう。そういう危機迫る体調のことなど家族の誰にも気づかせなかった。死の前日の夕食の時もいつもとまるで変った素振りを見せなかった。以麻も見事にだまされていたことになる。夕食のあと暫らくしてから以麻の座卓の上のまんじゅうの小箱を目にとめると、

「姉ちゃん、これ、食べていい」

と無邪気な声をかけてきたのに、以麻は憮然となったまま黙りこくっていた。

「そうか、じゃあ、やめとくよ」

いったん手にとったまんじゅうを彼は、淋しそうな違和感を混えた引き潮めいたいい方で、ふたたび箱の中へ戻したのである。母が突然、以麻に何の断りもなく机や身の回りの

物を、前に祖母がいつもポツネンと座って過した通路部屋へ運び出してしまったからである。そのことで以麻はひどく腹を立て、母とは勿論のこと家族の誰とも口をきかなくなっていた。身勝手な母との間には、いつもいさかいが絶えなかった。母娘とは随分と面倒なものだ、と弟もそれとなく心を痛めていたに違いない。

「ああ、食べていいよ。上物じゃないけれどね。職場の人の出張のおみやげなの。小さいから二つでも三つでも食べて」

そういって気持よくヒクちゃんにまんじゅうを食べさせていれば、彼はもう数日長く生きられたのかも知れない。死の前の晩のまんじゅうのことを、以麻はその後ずっと、十字架のごとく引きずっている。最も愛し、誇りに思った弟に以麻はとり返しのつかないやり方で傷つけている。償い方など、未だに分っていない。

戦後やっと十年たっていた。まんじゅうは一般には高級感があり、まんじゅうよりアンパンにぱくついた。おやつの恋しい幼いころから彼がよく食べたのはふかし薯といも飴である。おやつの楽しみな少年時代に、粗末なものしか食べられなかった弟の最後に、ずいぶんと残酷なことをしたことになる。生き永らえるとは、何と野蛮なことだろう。

バンカラな彼は下駄が好きだった。名古屋の中学へ通うのも下駄履きのことが多かった。

その日も下駄で国鉄の駅まで二十分程歩き、列車で三区目の千種駅で降りて中学までは市電と歩きである。前の月までまだ緑だった稲田も黄色みをおび、そんな車窓の風景の移ろいに一瞬ほっと和んだことだろう。しかしそれも束の間、いつにない不気味な頭痛に襲われだした。ひと駅目の勝川で列車を降り、ホームのベンチに腰を下して休むことになった。たまたま次の列車で通勤中の父が、車窓からその彼の姿を目にとめた。驚いた父は列車を降り、

「お前、また気分が悪くなったのか。早く医者へいかないかん」

と父が心配そうに声をかけると、

「ここで休んでいたら、とても気分よくなったよ。もう大丈夫。次の列車で学校へいくよ。僕、とても学校へいきたいんだ」

とはずんだ元気な笑顔でいった。しばらくベンチで父と並んでとりとめのない話をしていたが、次の名古屋行の列車が来ると、父といっしょに乗りこんだ。父とは二区間ほど乗ったあと、彼は笑顔で別れを告げ、最寄りの駅で下車をした。そんな風に父と会った偶然がひどく嬉しくなり、一気に元気が戻ったようである。すると友だちや教師や教室、など学校のすべてがたまらなく懐かしくなり、全身の細胞が最後の力をふりしぼって湧き立って

きたのだろうか。彼は名古屋の都心のその中学がとても気に入っていた。しかし、午後の授業中に、

「先生、少し気分わるくなったから、また保健室で休んできます」

「ああ、ゆっくり休んできなさい」

教師も弟の頭痛癖のことはよく知っていたので、軽い気持で保健室へ送りだした。

しかし、その日の夜おそく、弟は十三歳の生涯を閉じたのである。


急な電話で以麻がその日の夕方かけつけると、雷鳴を思わせるようなもの凄いいびきをかき、舌は割り箸で固定されていた。声をかけても激しいいびきばかりだった。明るく穏やかで健気だった弟が、こんな恐ろしい病気を抱えていたことに、以麻は茫然となり、涙ばかりがこみ上げた。校医は名古屋でもきわめて評判の高い医師である。

「先生、何とか助けてやってください」

「あまり例をみない症例です。努力はしてみますが、極めて重篤な状態です」

その晩おそい列車で駅をおり、十月の終りの秋のさわやかな夜風の中を歩いて帰る途中、星がひとつ向う側へ流れた。以麻の目から潮のような涙があふれ出た。

きのう、おまんじゅうを上げていたら、こんなことにならなかったのに、頭の中が渦のように乱れだす。断片的な思い出がちぎれ雲のようによぎっていく。

弟とは八年の隔たりがあったので、木目こまかい弟姉づきあいという訳にはいかなかった。帰宅途中の列車の中で顔を会わせることが偶にあった。一区前の駅から乗った弟が、「姉ちゃん、花を持ってあげるよ」

ひと駅前で乗って席に座っていた弟が、以麻を目にとめると、とつぜん声をかけてくれた。週に一度昼休みを利用して生花を習っていたのである。

ヒクちゃんの上には兄が二人おり、下には弟が二人いたので、幼いながらそれなりのストレスはあったことだろう。しかし、不平ひとついわず聞き分けの良い聡明な子供だった。口数は少ないが、時々意表をついたことをいって周囲を驚かせたので、何となくヒクちゃんにみなが一目おいた感じだった。まだ子供向けの本も出廻ってないころなので、小学生のころから新聞をよく読んでいた。

父はかなり能天気で小心で外面はやたらといいのだが、家族に関しては鈍感な質だった。母は器用なのだが厭味なほど自信家で、怯え性のないとがった性格だった。要するに両親ともひどく幼稚で不器用ということである。怯え性のない母は、ことあるごとに子供たちの前でいろんな愚痴話をくり拡げた。そんな中でヒクちゃんは、親たちの生き辛さを垣間みて育ってきた。しかし、幼くして親よりも大人で聡明であった彼は、愚かさ故の未熟や失敗を世間の波にさらし、躓きながら愚直な日々を送る両親に、彼は限りなく慈しみの目を向けているようだった。声そのものに潤いと温かみがこもっていた。そこが以麻や他の兄弟と大きくかけ離れたところだった。以麻は両親の幼稚ぶりから逃げ出したいほどいつも苛立っていた。しかし、ヒクちゃんは親の欠点すら温かく包みこんでいたようである。

戦争で父親を亡くした母子家庭も少なくなかった。終戦で無事帰還できた人々にも、職がまるでなかった。食糧難なので闇物資を商うブローカーに復員兵が多かった。チョキチョキと拍子木を鳴らしてやってくる紙芝居屋も復員兵で、冬には皮の航空帽を被ってやってきた。ヒクちゃんは、その紙芝居が大好きだった。薄っぺらい昆布をなめながら喰い入るように見ていた。黄金バットや鉄仮面の時期だった。大手の自動車メーカーでも給料の遅配や欠配が続いたのである。そんな世相にあって、定職のある親に恵まれ、一家団欒の日々のあることにヒクちゃんは、丸ごと幸せを感じとっていたようである。彼の底なしの明朗と、全てを肯定的に捉えようとする安定感は、そこから由来するのかも知れなかった。

……ヒクちゃん　お疲れさま
帰っておいで　みんな待ってたよ
いま　お迎えにいくからね
ヒクちゃんと　いっしょに
お餅つきをするのを
こっちの兎たちは
みな　とても楽しみに待ってるよ
ヒクちゃんの　眠ってるうちに
願いごとは　みな　届いているよ
しんどい道草　ほんとうにお疲れさま
こっちの世界で　お餅をついて
こっちの兎たちと　月の上から
いろんな願いごとを　包みこんだ
餅まきを　しようよ
それが　ヒクちゃんの仕事だよ

億光年の仕事だよ
ヒクちゃんには　それが一番あってるよ

# 八　ホラ吹きジャックとキツネの嫁入り

熱田の女だから…


　四月に入学した海軍兵学校も敗戦と同時に廃校となり、加瀬は数ヶ月後に瀬戸内の江田島から帰郷の途についた。北海道の中央部からほとんど本州を縦断する道程だったが、原爆投下から間もない広島の惨状はもちろん、鉄道の沿線の風景は無残な変り方であった。往路はまだ健在だった都市はみな廃墟と化していた。

　海兵の水練中に飛込み台に立ったとき、低空飛行で近づいてきた特攻機から七十六期の先輩が、

「元気でまた会いましょう」

と手旗信号を送ってきたそうである。しかし、七十六期は全滅したのである。加瀬は海兵最後の七十八期だから、七十六期はまだ十六、七歳のころである。

「終戦があと十日おくれていたら、僕だって空母の上から飛びたっていたかも知れないよ」

と夫の加瀬がポツンと呟いたことがある。

「佐世保から乗って日本縦断の形になったけれど、日本が亡くなった、という気がしたよ。

特攻機から手旗信号をくれた先輩とボロボロになった沿線の風景がずっと重なってきてね。何日もの間列車と連絡船で過してる間にね、もう一度日本を再建したい、という気持になったんだ。だから大学では工学部を選ぶことにした。あとできくと、同級生全員が同じことといってたよ」

結婚する前に加瀬は以麻にそう語った。

戦後の学生はみな貧しかった。敗戦でとにかく世の中がひっくり返ったので、戦前は裕福でも戦後はそんなこと通用しない。農地解放・財閥解体・預金封鎖なのだから、全国みなその日暮しのようなものだった。戦前は人手を雇ってそこそこに繁盛していた加瀬の父の店も、戦時中の建物疎開のあおりを受け、商売には不向きな場所に強制移転をさせられてしまったので、商売はまたたく間にさびれていった。そんな不遇の中、父親は出来の良い息子に旧制大学への進学を許したのである。そのことを加瀬は終生ありがたく思っていた。しかし、学費と生活費の全ては加瀬自身が背負うことになった。家庭教師のほか、米軍キャンプではカンカン虫をやった。コンデンスミルクの巨大な缶の掃除だから、空腹をみたすには都合がよかったそうである。授業に出る時間がなくなる程バイトをした、といっていた。夜、クラスメートから借りたノートを書き写すことで何とか単位をとったようである。加瀬の苦学生ぶりはひどいものだった。

「僕、お正月になっても家に帰らなかったから、学生寮のおばさんが、たった僕ひとりのために出てきて、お雑煮を作ってくれたよ」

と語ったことがある。

「まだ食糧事情は配給のころで、僕が帰省すると、六人分の弟妹の食べ物を減らさなければならんのだよ。それを考えると帰省する気になれなかったんだよ」とつけ加えた。

戦後は誰だって貧しかったけれど、夫のそんな体験が必要以上に自らを低く抑えているようだった。周りの級友と較べて全てが格段にミゼラブルだったのだろう。そのことは以麻にもよく分る。空襲で焼け出され、落ちのび先でそんなコンプレックスはなくはなかった。それしかし、道草名人と好奇心の強い以麻は訳もなくそんなコンプレックスをすり抜けた。それに落ちぶれ貴族やケチンボ侍の暮しぶりを、祖母の口からよくきかされているので、身分的なコンプレックスの持ちようがないのである。

「私の伯母御はよう、貧乏公家から縁談があって、あんまり気がすすまなんだが、父御《ててご》が親の顔を立てると思って三日で好いからいってくれ、ということで嫁入ったんだわ。ところが、嫁の実家に金品ばかりせつくもんだから、すぐ出てござったわ。貧乏公家なんて乞食同然だわね。奉行所の侍もケチが多くてね。物を買っても金を払わんのだわ。血気さかんな浜の若い衆が侍の家に土足で乗りこんで家財道具はこびだしてしまったわさ。まあひどい品物ばかりだったそうだけな」

江戸時代も終りになりかけると、町人の財力が豊かになり、侍も低姿勢にならざるを得なかったのだろう。

「侍といったって盗賊あがりもいるくらいだから下々から絞りとることより能あれせん。志の高いご立派なお武家さんはなかなか日の目が当らんようで……」

折にふれて祖母から、そんなことをきかされて育った以麻は、落ちぶれてもあまり気にかけることもなく、身分や家柄にもあまりこだわることがなかった。祖母は人品という言葉を大切にした。

「志の高いお人は、人品がいい」

以麻もその言葉を深くうけとめた。

小売商を父に持つという身分的なコンプレックスなのか加瀬は先輩や友人の前で、時として愛嬌過剰になることがあった。名前をちゃんづけの愛称で呼ばれたりする。本人は道化のつもりかも知れないが、以麻は不快だった。人気者なので先輩筋からけっこう見合い話が持ちこまれたが、表向き良家の娘さんたちは、財産もない小売商の息子なのにやたら係累が多い上に、無類の酒好きという理由で、みな縁談を断ってきた。

以麻は娘のころある官庁で、夫の飲み友だちの早川と机を並べていた。謄写版の原紙をかいたり、算盤といった単純な事務仕事だった。公務員の上級職を通り更に司法試験を目ざしていた早川に与えられる仕事などほとんどなかった。時々難解な法解釈を求められる事案があると、別室の部長から声がかかり出向くといった程度である。彼は毎日手持ぶさたな時間を、以麻のとった複写文の読み合せをするくらいで過していた。以麻の仕事もすこぶる単調で暇なものだった。半世紀以上も前の官庁は大方その程度だった。エリートの角をかくすためにかなりふざけた冗談をいったりして周囲を和ませる癖があったが、そのはしゃいだ猥雑ぶりに以麻は辟易となった。その早川の所へ東京へ出向中の加瀬が時々立ち寄ることがあった。すると早川は翌日になると決って、

「あいつ、あんたにとても気があるみたいだよ」

と揶ったいことをいう。

「あら、そうかしら、お茶を出したって、ありがとうでもなければ、まるで知らんぷりよ。ツーンとしょってるだけで、可愛気ないわ」

「若い男を、可愛気ないって、あんたお嬢さんなのに、なかなかいうね」

早川はたまげたような笑い方でいった。

以麻は感じた通りをいったし、若い娘を惹きつけるオーラのようなものがまるで感じられなかった。しかし、二年間も同じようなことを繰り返しきかされているうちに、男友達に縁のない以麻だけに、いつしか早川の言葉にすっかり嵌っていった。東京と名古屋という距離感の中で、彼女は仕掛けられた恋の虹をほのぼのと自在に楽しむようになっていた。

しかし、仕掛話の種を明かせば、悪ふざけにしてはシャイな早川の本心であった。つまり自分がというところを加瀬がと夫の名を語ることで告白しつづけていたようである。加瀬からのプレゼントだといって渡されたコンサートや芝居のキップは、つまりホラ吹きジャックの早川からの贈物だったのである。そんなことにやっと気がついた時は、すでに二人の幼い娘の母親になっていた。何ともトンマでマヌケでオッチョコチョイな以麻の青春の夢の果てであったことか。

加瀬は地主の二男坊のプレイボーイ風なホラ吹きジャックとはまるで反対で、苦学生の面影をとどめた地味で真面目なタイプに見えた。高潮防潮堤のための研究で二年間の研究所生活を終えて名古屋の部局に戻っても、以麻への態度は淡々としたものだった。ボルテージの上っている彼女は、技術者とはあの程度に地味なものだ、と好意的な解釈しかできなかった。見合い相手からはみな断わられるし、飲み友だちの早川からのふれこみで、自分にかなり傾いているという娘とでも結婚しようか、ということに落ちついたようである。

しかし、結婚してみると、こんな筈ではなかった、ということがいろいろあった。

「あなたは、前はコンサートやお芝居のチケットなど贈って下さったり、随分とやさしかったのにね」

と以麻がため息まじりにいうと、

「僕、一度だってそんなプレゼントしたことないよ」といった。

驚いた以麻はひどくうろたえた。

「どうして私と結婚する気になったの」

「やりくりの上手そうな女性だと思ったからだよ」

以麻はめまいを覚え腰くだけになりそうだった。頭の中でいろんな突発疹が吹きだし、しばらく頭をかかえこんでいた。すっかり光の失せた娘心の夢の跡というものである。

仕掛け花火で狐の嫁入り、頭の中の突発疹がそんな言葉を泣いたり笑ったりしながら呪文のように繰り返す。

以麻はすでに二人の幼い娘の母親になっていた。

半ば放心状態の中で、自分の力だけでこの二人の娘を幸せにすることはできない、そんな思いが霧の中の灯のようにぼんやりとゆれていた。

夫の弟たちは、どういう訳か金持の娘を妻に選んでいた。とりわけ夫は、洋裁や手芸が得意で、食品会社の経営者を父親に持つ弟の嫁にひどく心を傾けていたようである。なごやかで女優のような容姿は世間なれのした女優よりも初々しく、ふり返りたくなる程の好感にあふれていた。結婚の披露宴の席でも彼女の人望の厚さは、多くの人々からも語られたようである。

「容姿といい、才能といい、人柄といい、あんな弟の嫁さんにしておくのはもったいない」

夫は溜息まじりに何度もくり返しいった。以麻もまったく同感だった。彼女に相応しい素敵な男性がいくらでもいるのに、こんな貧しい家の軽率で強引な質の男の妻になったことを、しきりと憐愍《れんびん》した。幼馴染みで高校生のころからすでに男女の仲になっていた、ということである。そのことで以麻は断層のような違和感を覚えた。人を酔わせる美しさにはやはり毒がある。以麻にはそういうものがまるで欠けていた。

東京へ出張してもホテルはキャンセルし、おおかた新婚の弟の二DKのアパートに泊った。憧れの女性と同じ屋根の下で一刻なりとも過したかったのだろう。数十年たって父親が亡くなると、遠い北の郷里で妹夫婦と暮すことになった母親を訪ねるという理由で、毎年夏に一週間から十日ほど休暇をとって出向いていた。台風で航空便が欠航すると、十日以上になることも珍しくなかった。仕事が忙しいという理由で夫は家族旅行をしたこともない。弟嫁の実家も近所なので、義母に顔を見せるという口実で、子供をつれてひと夏を実家で過すという弟嫁と顔を会わせるのも大きな楽しみだったようである。実家の妹夫婦は共働きで昼間は不在なので、昼食は弟の嫁が運んでくる。ゆき届いて気持のあたたかい嫁である。そんな弟嫁が夫には女神のように眩しく映ったことだろう。しかし、彼女の方は男の浮きうきした心模様に応じることもなく、夫の兄という以外の関心はなかったようである。どうやら夫はモテナイ男の部類であったようだ。

母が亡くなるまで二十年ちかく遠い北国の実家帰りを、夫は一度も欠かしたことがない。すっかり恋女房のつもりのルンルン気分でいた以麻は、結納金ともいわない男の許に嫁入道具の他に、お勝手道具まで揃えて嫁いできた。ホラ吹きジャックに仕掛けられたキツネの嫁入りだから仕方ない。五、六年ほどたち、以麻たちの住む県営住宅の前に建売住宅のマイホーム団地ができると、夫も家を欲しがるようになった。初めのうちは自分の部屋が欲しいの何の、と愚図っていたが、毎日団地に新しくできた近道で駅まで出るようになると、しきりとマイホームをせつくようになった。実家の父が退職金を手にする頃でもあった。小さな食品店を営んでいる夫の両親は、店の都合がつかないという理由で、以麻たちの結婚式を欠礼した。以麻の両親はひどく機嫌を損ね、温和な表情ながら父は親族の記念写真を断った。驚いた写真屋はひどくうろたえていた。以麻はその時の両親の哀れな表情が、年を経る毎に鮮明になってくる。ひどい親不孝をしたものである。その親に、夫が家を欲しがっているなど、とてもいえなかった。自分のトンマぶりになすすべもなく沈みこんでいるうちに、涙がこぼれ落ちてきた。

見合いをした娘さんたちからみな断わられた、という理由が何となく分る。一見真面目そうに見えても、貧しい暮しから這い上った者の得体の知れない気味わるさを、それとなく感じとっていたのかも知れない。以麻だってこんな男まっ平だ、逃げだしたい。でも二人の娘を幸せにする自信はない。涙はとめどなくこぼれてくる。

「お母さん、また頭いたいの」

と、下の娘がテーブルふきんで涙をふいてくれる。

「晩ごはんまで、少しお昼寝するね」

といって横になると、上の娘が幼稚園で作った折紙や紙粘土で作ったいろいろな作品をお見舞いだといって、枕元へ飾ってくれる。夫のためにでなくこの娘たちのために広い家をプレゼントしよう、という念いがいつの間にか灯明のように灯りだしてきた。

どのように貧しくても、子どもは広い家でのびのび育つと、明るくて元気に育つ、と本で読んだことがある。娘たちに広い家を造ってやろう、と肚をきめると、郵便局の貯金や保険などあらゆるものを解約したり、祖父母の古い親戚筋を訪ねあるいたりして、やっと頭金を工面した。

「名門の高校を出たうえに以麻ちゃんほどの器量よしが、結納金もでない男の所へ、鍋釜の所帯道具一切もって嫁入っとるのに、その上、家屋敷までせつくとは、以麻ちゃん、あんた、えらい災難だなん」

祖母の姪もかなり高齢になっていたが、古くからパンや菓子類の他タバコ屋も兼ね、隣では息子が燃料店をやっていた。

「そんないい方しないで。ホラ吹きの飲み友達から、あのお嬢さんの家は金持らしいよ、と吹きこまれていたかも知れないわ。三河の片田舎だけど、小川の畔の小高い丘の宅地が余程気に入ってるのよ。わたし、主人に頼られてるみたいよ。しんどいけれど……」

「以麻ちゃんは誰の目にだって良い家のお嬢さんに見えるわ。空襲で素寒貧《すかんぴん》になったって、お祖母さんの在所は、十何代も続いた大店だったしね、血筋や人品はそうたやすく変るもんでないでね。ホラ吹きジャックの大風呂敷もまんざらでないよ。根も葉もある嘘八百というもんだがね」

「そうかしら。だったら家の旦那もあんまり悪く思えないわね。わたしより他に頼るところないんだから。わたし、頑張るわ」

「以麻ちゃん、熱田の女はそれでいこまい」

「あんたとこのおじいさんには、よう世話になったが、世が変ってしまったで、たんとは用立てんけど、あの世へ金もってかれせん。こころ当りの銀行二、三軒あるいて、また送金したげるでねえ。頑張りゃあよ」

といって傍らの金庫から幾許かの金額を紙袋に入れて渡し、子供には大きな菓子の包みを持たせてくれた。

「このお嬢ちゃんの年頃に、以麻ちゃんは加賀島さんの皆さんに、とっても大事にされてりゃあたこと、ふっと思い出したわね、とりわけ大毅さまには目をかけられてりゃあた」

長い間、記憶の表層からすっかり消え去っていた過去の光景がとつぜん白日夢のようにかかりだした。

「困ったことがあったら、またいつでもいりゃあ。そのうちに加賀島さんのお宅にも連れてったげますに」

その言葉は、遠くから響いてくる梵鐘のようでもあった。帰りかけている一方の足を不思議な磁力で引き留められる。もう高齢な祖母の姪は、何年ぶりかで以麻が訪ねてきたことをひどく喜び、しきりと別れを惜しんでいるようだった。次々と古いことを語りだす。

泣きみそはきらいだよ

加賀島家は、江戸時代から続く熱田の浜きっての海産物問屋だった。人柄の丸い上に何かと下町衆の面倒見の好い祖父は、加賀島商店の手腕家の大旦那からも頼りにされていたようである。とにかく祖父はもめごとを丸く納めることの達人だったのである。以麻は幼いころから祖父につれられてよく加賀島家を訪れたものだった。息子ばかりの家なので、いつも祖母の手縫いのはんなりとした着物姿で訪れる彼女は、奥様と呼ばれている若奥さんや、小学生や中学生の少年たちを始め、年末になると東京から帰省する奥さんの弟に当る大穀からも目をかけられていた。店の若い番頭見習いや使用人たちが次々と兵隊にとられていく頃なので、東京では大学病院の医師なのだが、年末休暇は姉の店の助っ人で、魚市場に出向いたり、蒲鉾工場の下働きなどで大穀は浜の若衆さながらに大車輪の多忙ぶりだった。それでも以麻の姿を目にとめると、がらりと態度をかえ優雅にふるまった。小学生の少年も以麻と遊びたいらしく、食事時になってもなかなかと以麻を帰らせず、昼食のほか時には夕食も彼の家でとることが珍しくなかった。しかし、夕食は肉料理が多く、肉ぎらいの以麻の悩みの種だった。

「以麻ちゃん、肉も食べなきゃ駄目だよ。どれ、僕がハンバーグを食べさせてあげよう」

といって、まるで小鳥の餌づけをするように根気よく、こまかくしたハンバーグを以麻の口に運んでくれた。絵本の中から抜け出たような凛々とした美丈夫なので、肉特有の臭みもまるで気にならなかった。

「以麻ちゃん、いっしょに歯みがきしょうか。あとでお家まで送ってあげるからね」

そういって以麻の手をとって歯のみがき方を丁寧に教えてくれた。年末の魚河岸の仕事はどこも夜おそくまで続くのである。初めて口にするハンバーグという西洋料理を大毅から食べさせられたことで、すっかりミラクルな気分になり、食事のあと絵本など見ているうちに、やがてうとうと眠りにおちた。おそくまで夜業に追われる魚河岸の町は夜更けても明りが絶えなかった。そんな中、よく眠った以麻を学生時代のマントに包んで家まで送り届け、彼女が目を醒まさないようにそっとふとんに移したそうである。

「大毅さんのことすっかり忘れていたわ。もう何十年も前のことだしね。お店もお屋敷も、みな空襲で焼けてしまったんでしょう」

「あの場所は今マンションになっとるけれど、御器所《ごきそ》の方で息子さんが建築会社を盛大にやってござるわ。加賀島さんは昔からの資産家で、築港の方で倉庫や運送の会社もやって見えるでねえ、家の孫息子もその物流会社で使ってもらっとるわね。そりゃあ昔からの旦那衆で手堅くやって見えたでねえ。東京の商大出の若旦那さんは築港の貿易会社のイギリス人の支配人さんとも仲がよくてね。いろいろとよう面倒みてみえたわね。築港にはアーメンさんの幼稚園や教会もあってね。そういう所へ寄付をしたり、いろんな骨折りもしなさったそうだわね。東京暮しの長かった若いインテリさんには少し難儀なことになると、梅さん、少し智恵を貸してもらえませんか、とあんた所のおじいさんに、よう助っ人をたのみにござったそうな。家の仕事を継がん、と大旦那さんとは疎遠の仲だったらしいわ。家に戻りなさってからというもの、大旦那さんとの間に立って、若奥さまもそりゃあ難儀なことだったわなん。若旦那は築港の貿易会社の月給取りだでね。若奥さんはそれは良く出来た利口な人で大旦那さんも大のお気に入りだったわなん。だから姉さま思いの大毅さまが、中学生のころから助っ人役をつとめられたらしいよ。朝も通学前から大旦那さまについて市場へ出かけられたりしたの。でもね、隣の貴族院議員と張り合ってみえてね。帝大出の貴族院に負けるなよ、が大旦那さんの口癖だったげなわ。大毅さまも、手伝いと勉強で、並みでない頑張りだったと思うよ」

　バス停の近くということもあって客もよく訪れる。それでもパン屋の話は際限なく続いていく。古い話がよほど楽しいようである。

「戦争がだんだんひどくなってイギリス人が本国へ引揚げてからは、えろう苦労さっせたわ。大政翼賛会から睨まれなさって、徴用先の旋盤工場ではえらい力仕事をさせられなさったそうだわね。昔からの旦那衆も戦後はひどく落ちぶれた人も仰山ござったが、加賀島さんは見事に立ち直られて盛大にやってお見えだわね。奥さまもなかなかとよく出来たお人だでね。陰で支えられたと思うよ。以麻ちゃんのこと知りなさったら、きっと力を貸してくださるに。そのうちに連れてったげますに」

「そんなこと恥しいわ、話さないで。わたし何とか自分の力でやっていけそうだから。でも大毅さんは、どうなさっているのかしら」

「それがねえ、海軍の軍医さんで出征されたきり、未だに消息不明だそうだわ。とても優秀なお方で軍の筋に強かった指導教授に目をかけられ、ずっと大学に残しときたかったらしいわ。だから後輩の人より遅れて出征されたそうだわね。将来は外国へ留学するつもりだったそうだけれど、気の毒にねえ。お姉さまはパンの好きな大毅さまのために、市電に乗って家までよくパンを買いに見えたわなも。未だに陰膳をお供えしてご無事をお祈りしてみえるそうだわなも」

　そんなことを聞かされると以麻は暫らく声が出なかった。大毅には殊のほか目をかけられたような気がするからだ。凛と冴えたところは絵本の中の若武者に似ているが、どこかハイカラな大らかさを備えていた。やさしいばかりではなかった。いたずらが過ると容赦なくビシッと叱られた。ひとりでママゴトをしながら、お父さんにするには若すぎるし、お兄さんと呼ぶには年が離れすぎている。彼をどのような役柄にすればいいのか、ひどく思い悩んだものだった。彼の甥の小学生に誘われ、高い屋根に登り、少年から促されるまま、煙突からきれいな包装紙に包んだ物を落すクリスマスごっこという遊びをやっていた。それが見つかった時は、言葉より先に手の方が飛んできた。

「もう、来なくていい」

一瞬顔から血の気の失せた悲愴な表情で、ひどく辛そうにビシリといった。しかし、やはり彼に会いたくて以麻は翌日もケロッとした顔で訪れた。もうとりつく島もない程だった。それから間もなく以麻が二俣の国民学校へ上るころ、戦地に発ったということである。

恋という言葉もまだ知らない幼稚園ぼっこだったのに、いつも切ない気持にせめがれていた。しかし、新しい環境でまるで人種の異なったような田舎の悪童相手の暮しを余儀なくされると、大毅のことなどたちまち忘れ、以麻も悪童と負けないくらい荒くれた。

よぼよぼと体力が衰えるばかりの年寄りに大切に育てられていたとはいえ、若い男の逞しい腕の感触や手のぬくもりは忘れ難いものだった。古くからの商家の長い通し土間を、腕ブランコで歩いて貰うのが、たまらなく好きだった。忙しいのに医師らしい配慮から、時には爪を切ってくれたりした。

「わたし、幼いころ可愛がって頂いただけで充分なの、とてもなつかしいけれど、わたし、加賀島さんにはご迷惑かけたくないの、ひとりで頑張れそうよ」

記憶の表面からすっかり消えていた大毅のことが、埋み火のように伝ってくる。重心のすべてをあずけ呼吸のリズムがすんなりと溶け合う彼に似たタイプの男と、その年になるまで会ったことがないことに彼女は初めて気がついた。

矢作川の支流をのぞむ小高い団地を夫はひどく気に入っているようだった。しかし、途中の乗換え駅の近くに気に入った飲み屋を見つけると、そこで時間を潰すのも楽しみのひとつである。おかみが気に入っているようで、さらに梯子酒をするうちにおおかた終電かタクシーで帰ってくる。かなりのローンがあるというのに小遣いをへらしたりしない。少しは考えて欲しい、と以麻が苦情めいたことをいうと、

「僕より安い給料の人だって、ちゃんとやってるよ」

と涼しい顔でいう。何と図太くケチな男だろう。職場旅行をしてもみやげひとつ買ってこない。

「以麻ちゃん、あんたはおっ母さん役までやってりゃあす。そういう横着者にはサービスもほどほどにしとかないかんよ」

とパン屋にいわれたことがある。キツネの嫁入りだから仕方がない。しかし切りつめようがなくなると、近くの農家から畑を少し借りて素人ながら野菜づくりをするようになった。

野面を渡る風の中から、オカメダワシで二億円、といった弟の声がユーモラスに伝ってくる。

まだ2DKの県営住宅に住んでいた頃は、子供の面倒や洗濯などの家事をこまめに手伝ってくれる朴訥な夫だった。住宅事情のよくない頃なので、名古屋へ通勤する大手企業のサラリーマンやいろいろな階層の人たちが住んでいた。家事や育児にはまるで無関心な中小企業の重役、風邪で熱のある奥さんに薪割りまでさせるご亭主、定職を持たず奥さんのわずかな収入で暮している家庭、まだパート仕事もあまりない時代なので、夜おそくまで安い内職に励む奥さんたちも多かった。しかし、以麻は手袋に刺しゅうをする内職を一週間で音をあげた。自分は何と世間知らずの役立たずであることか、と以麻は自分のポンコツぶりに呆れ返った。そういうポンコツ女房を持った夫は割が悪いのかも知れない。だとしたら、家くらい持たせるのはせめてもの償いかも知れない、と思ったりもする。

仕事ができるタイプだったので、夫は管理職に就くのも早かった。職場には仕事もでき、チャーミングで明るく活の良い女性がけっこういるものだ。やりくりに追われ、専業主婦の劣等感にさいなまれながら家事に縛られる以麻とは雲泥の差である。やはり夫は職場のチャーミングな女性に惹きつけられる。男と女という仲まで発展しなくても、ティータイムだけでも気が晴れるというものだ。

出産まぢかの妻を気遣うのでもなく、夫は好きな女性と時を共にしたかったようで、職場の宿泊旅行の方を選んだのである。以麻は三人目の出産の荷物をまとめ、タクシーを呼びひとりで産院にかけつけた。以麻たちは付き添いの当すらない核家族である。赤ん坊は男か女か、と夫は旅行先から電話できいてきた。

「父親だったら、来院して確かめなさい」

まだベッドの上にも起き上れない以麻の口許に粥を運ぶ手を止めて、看護師は電話口の夫にビシリといって受話器をおいた。夫や身内が次々と訪れるのに、以麻にはひとりの見舞客もなく、産後のひどい空腹に襲われ、退院までの一週間を彼女はずっとひとりで耐えた。相部屋の産婦が、見舞客からのおやつを分けてくれるのが、たまらなく嬉しかった。工員風の作業服のまま毎日やってくる隣のベッドの女性の夫が訪れるのを、以麻は毎日たのしみに待つようになった。

乳房に小さな掌をあて、力強く乳を吸う赤ん坊に以麻の方が支えられているようだった。

「ガンバレ、ガンバレ」

赤ん坊はそんなリズムで乳房を吸いつづける。相部屋の女性からのお裾分けの大福餅のおかげで、乳は赤ん坊がむせぶほどよく張った。隣の女性の工員風の夫に、以麻は神仏の使者のような感謝を傾けた。夫のつまらない遊び心に躓いたりするのが、ひどく馬鹿らしくなった。もてないのに人並みに熱くなる夫の猿芝居がたまらなく滑稽だった。

夫は地位が上るにつれ、浮かれ大名のような職場人間になった。末娘が喘息気味で週末は都合がつかず、家族旅行とは縁のない暮しだった。たまに日帰り旅行をしても、交通費や食事代は全て以麻に支払わせた。酒場では飲み仲間に大盤振舞いするのに、家族には横着なまでのケチぶりだった。何本もビールを注文し、以麻が末娘に靴をはかせている間に、サッと自分だけ外に出てしまうのである。心の芯まで冷えこむ貧寒としたものを覚え、娘たちと出かけるとき、もう夫に声をかけなくなった。マイホーム時代の全盛期、娘たちの級友たちは毎週末の外食が当り前だったのに、専業主婦の以麻は年に数回、子供たちと彼女だけで出かけるようになった。梯子酒の夫は子供たちの起きてる時間に帰らないし、物心両面で母子家庭のようだった。

「お母さん、母の日のプレゼント何がいいの」

小学生の娘が声をかけてくれたので、

「そうねえ、お母さんも、たまには一人で遠足してみたいわ」といった。

以麻のひとり旅はそれが始まりだった。気にいったテレビドラマの舞台となった遠州灘の浜辺に向った。雲ひとつない五月晴れで、丘の上に広がる一面の茶畑はみずみずしく、農家の庭先からは、夏みかんの実がたわわに稔っていた。茶畑の細道をおりていくと、太陽の下で遠州灘は逞しく、海風は凛々しい男の体臭を運んでくる。海辺りを歩いていくと魚市場に出た。祖父によく連れられて訪れた朝市も、熱田の巨大な魚市場の前に、いろんな露店が延々と続いていた。そこに佇んでいると、祖父母や近所の人や、いろんな顔馴染みに出会うような気分が湧いてくる。のどかな晩春の陽差しが飴色をおびるまで、その辺りを去り難く何遍も行ったり来たり繰返していた。

大毅さん、いる筈もない男の名前をふと呼んでみた。

その日の朝早く、祖父は、

「じいちゃんと、浜へいこう」

といって以麻の手をひいて家を出た。幼稚園が冬休みになると、いつも遊びにくる自分の店の材木屋の帳場から姿を消してしまう以麻のことを、祖父は少し気にしているようだった。好奇心の強い以麻がしだいに行動範囲を広げだしたからである。橋を何本も抱える大きな魚市場の前に延々と露天商がテントを張り日用雑貨から寿司、カツレツ、あんまき、衣類、玩具など、あらゆる店が縁日さながら毎朝にぎやかに建ち並ぶ。下駄、花柄のゴム毬、千代紙、ぬり絵など、以麻が欲しがるものは何でも買い与えた。老い先のあまりないことを感じていたのだろう。以麻にマーブル模様のガラスのおはじきを買い与えたあと、祖父は盆栽市の前で立ち止まり、あれこれと丹念な物色にふけり始めた。年末の盆栽市は品数も多く、客の寄りも多かった。以麻はすこし退屈になってきて、あくびを噛みころしながら魚市場の雑踏にボンヤリと目を向けていた。年末の魚市場は湯煙が立つほど湧きたっている。がなりたてるような塩辛声で魚を競っている男、手鉤をぶらさげて歩き回る男たちが閻魔大王のように見えたりする。以麻は祖父の手を強く握りしめ、おじいちゃん、もう帰ろう、とつい愚図りたくなった言葉が、とつぜん薄荷パイプのようにスウーッと胸の奥へ吸いこまれ、着物の裾を蹴立て一目散に市場の人ごみの中へ駆けこんだ。雑踏の中に大殺の姿があった。

何かに足を滑らして石畳の床に転倒し、息もつけない程の激痛が脳天をつき抜けていく。鳥もちに絡めとられた羽虫のように、声も上げられない激痛に床の上をもがいていた。出口を塞がれた叫び声が滅裂に這い回る。どうしたことか、自分の躰が突然グニャリと軟体動物のように柔らかく曲げられ、持っていたおはじきが濡れた石畳の床にザラッとこぼれ落ちた。その瞬間、すぐ側を鉄製の轍をきしませた手押車が、雷鳴のように駈けぬけていった。赤い塗り下駄は砕かれて無惨に飛ばされていた。自分の下駄が血まみれに見えた。以麻ははじめて大声で泣きだした。

「泣くな」

頭の上で抑えた叱声が飛んだ。二箱も三箱も重ねたトロ箱でずしりと両手を塞いだ大穀が仁王のように立っていた。いつものやさしさはまるでなく、剣のような厳しさで以麻を見おろしている。まるで未知の人に会ったような戸惑いに襲われ、以麻はしゃくり上げながら声をのみこんだ。しかし、ふたたび先刻のような手押車が反対の方向から駈けてくると、以麻は前よりもひどく泣きだした。

「怖い、怖いよう」

足は悪き手の指はかじかんで震え、助かりたい一心で大穀に縋っていった。危険な角度から咄嗟に以麻を避けてくれた彼は、もはやそれ以上のことは何もせず、ゴム長靴の上に花びらのようなおはじきを散らせたまま、彼女を振りきって見知らぬ人のように去っていく。跛をひきずきずきと疼痛の走る躰をひきずりながら、以麻は必死で彼に追いつこうとした。泣いて蹲ってしまえば、雑踏の魚市場で彼を見失ってしまうのだ。彼女は必死で彼の後を追いかけた。三輪トラックの荷台の上にドサリとトロ箱をおろすと、

「なぜ、こんな所へきた」

苛立ちと憐憫を交え言葉すくなく詰問した。

祖父に連れられて朝市にきたことや、植木市の前で祖父と別れたことを告げると、彼ははじめて以麻を抱きあげ、朝市の方へ歩きだした。頭髪から漂うさわやかな香りと、バターくさいような若い男の体臭が以麻を柔らかく包みこんでいく。彼は露天商のつづく魚市場の外れの水天宮のあたりまで、彼女を抱いて祖父を探し回った。弾力にみちた腕の筋肉や豊かな胸板は、老人の脆さを気遣いながら祖父に抱かれている時とはまるで異なっていた。祖父の姿は一向に見当らない。露天商には背を向けて、雑踏を探りながら立ち尽くす彼のことを、露天商は年若い父親だと思ったのか、

「そこの若い父ちゃんよ、嬢やちゃんに、このカチューシャはどうだなも、腰下げはどうだなも」

と父娘の呼び方でさかんに声をかけてくる。そのことが以麻にはおかしさと嬉しさを交え擽ぐったいような衝動をふくらませ、頬にまだ涙の跡を残したまま、クスリと笑ってし

まった。

「何がおかしい」

抑えた声は困惑をかくしきれないようすで、彼は何かしら対等の人にでもいうようないい方をした。

……おじいちゃんなんか見つからなくたっていい。このままずっと抱いていてもらいたい。オママゴトの中では、やっぱりお父さんになってもらうのだ。……以麻はそんなことを思いめぐらしていた。お父さんだから以麻をこんなに大切に抱いてくれるんだ。彼女はいっそう深々と彼の胸元に顔を埋めていった。その時から現実と非現実の狭間で、大毅は純粋培養の父親になっていった。まるで土や花びらで作るママゴト遊びのように、夢と現実を即座に切り結んで無心になる。神の存在を問うより前に、神が在ろうが無かろうが、命かぎりに祈ってしまう。子供とは何と愛《かな》しいものだろう。

師走の浜風から以麻を守ろうと、大毅は陽だまりばかりを選んで歩いた。厚い胸板は毛糸のセーターの下で、力強く弾んでいた。何か毀れもののような脆弱さを気遣いながら、年寄りに抱かれている不安感はまるでなく、以麻ははじめて自分の重心の全てを投げ出して、若い男の胸の中に埋もれていった。

転んだときのショックなどから以麻はうつらうつらとなりだしていた。
若い男の体温と初冬の陽差しの中で、以麻のまどろみは深くなるばかりだった。
陽の傾く中で夕暮れのきざしを覚えるころ、以麻はようやく茶畑の方へ登りだした。
……大毅さん……
立ちどまり、海に向って呼びかけると、涙が頬につたわってきた。
……泣きみそは、きらいだよ……
海から吹きあげる風が、涙をはらうようにやさしく囁いた。

# 九　マーブル模様

## 人と人と…

上の娘が高校生になると、以麻は泊りがけでよく一人旅に出るようになった。

朝早く小諸の宿を出たが、思いがけないことに五月の軽井沢はまだオフシーズンだった。旧軽井沢のあたりは人影すらないのである。駅前で貸し自転車を借りたものの平日とあって、以麻の他にサイクリングしている者などまるでいない。教会も室生犀星の詩碑も見つけたが、グラビアの地図の場所を何度も往き来したのに、堀辰雄の別荘はついに見つからなかった。立ち停まると風はまだ少し冷たいほどだった。澄んだ空と木漏れ陽が、五月の木立のあらゆる香りを放ちながら、その日そこを訪れた者に、なつかしさをこめてささやきかける。そんな語らいの中で以麻はかつてない豊かな気分が漲ってくるのを覚えた。そのうちに道に迷うことすら楽しくなりだした。旅は少し道に迷った方が面白いのだ、と思ったりする。ときおり雉子の鳴声があたりの静寂を裂くように鋭く響いた。浅間山の麓の黒い土の小径の香りや、樹間を縫うような木漏れ陽などが躰中に滲みてくる。ひとりで歩いているのに、一人でないような満たされた気分になってくる。ずいぶん歩き廻ったが見つからないので、堀辰雄の別荘は諦めて、記念館のある信濃追分まで、ひと駅だけ列車に乗ることにした。乗客はまばらで鈍行駅で下りたのは、彼女ひとりだけだった。両側に真直ぐのびた杉木立の小径は、立原道造の詩の中を歩いているようだった。辰雄と道造はどこか気脈が通じているようで、風景の好みも似ているのだろうか。二人とも東京の下町育ちで、独特のこまやかさは洗練された粋を感じさせる。少し長い杉並木だったが、作品の中に分け入ったりしている間に、訳もなく追分宿に辿りついた。堀辰雄が常宿にしていた油屋旅館に予約がとりつけてあった。晩春は日が長く、旅館に荷物を預け、

「日暮まで、少し散歩をしてきます」

というと、素朴で品のいいおかみさんが、

「お気をつけて」と声をかけてくれた。中年女のひとり旅を気づかってくれているようだ。中山道や北国街道に分岐する分去《わかさ》れの地点まで、何度も往ったり来たりを繰り返した。どの店も軒が低く、鄙びた風情が追分宿のおもむきを際だたせ、旅心をつのらせる。作家が哀惜を傾けた宿場の遊女たちを供養した小さな寺にも寄ったりした。下町育ちの堀の周りにもそのような幸せ薄い少女が何人かいたことだろう。命終えても引きとり手のないのが当り前の時代に、そういう幸せ薄い遊女の供養を敢えて引きうけたのは、なかなかと気骨の優れた住職のようである。ひとりで歩いているのに、知らない誰かと話しているような

気分が満ちてくるのは、ずっと昔からこの街道を往き来した人々の足跡から伝ってくるかすかな命の名残りなのだろうか。辺りの樹々の梢や屋根瓦にまだわずかに停まっている在りし日の生命の切片のせいなのだろうか、と思ってみたりする。生命の名残りというものは、身体という容れ物よりも長生きをしているのかも知れない。いつもは眠りについているのだが、以麻のような調子外れの旅人に会うと、やおら目を覚ますようである。この世にいる間は、世間という群れの言葉の流れのままに暮していて、本音など口に出したこともなく終ったのかも知れない。しかし、浮き世から旅立って、旅人もまばらな夕暮時の街道筋にひっそりと微睡《まどろ》んでいると、ひとり言はつい本音で語りたくなるものだ。いろいろと想いめぐらしながら、おもむろに暮れていく晩春の風景の中を、以麻はゆっくりと泳ぐように歩いた。自分の中にはいろんな先祖のDNAが混在しているのだ。夢の中では一度も会ったことのない人物が登場することがある。それは深い無意識層から何百年ぶりに意識の表層に現れたDNAかも知れない。

「袖ふれ合うも他生の縁といってなん、前世では身内だったそうだわなん」

祖母はよくそんなことを口にした。以麻と祖母の間に血縁はなかった。しかし、以麻をこよなく愛した祖母は、前世では深い身内だったと、いいたかったのだろう。

幼い以麻を抱いて延々と続く朝市に、祖父の姿を探して歩く大毅のことを、露天商がからかい気分で若い父親に仕立てあげたことがぼんやりと浮んでくる。ゆっくりと沈んでいく晩春の夕暮の中で、いつの間にか大毅に語りかけていた。

……大毅さんは、前世では以麻のお父さんだったのかしら……

……そんなこと、どうだっていい。生きている人間には、今が一番大切なんだ。今、今、今、とひたすら今を大切に生きるんだ……

……長い間まち望んだ軽井沢旅行ができて、わたし、今、とても幸せです。昨晩《ゆうべ》は小諸で泊り、今夜はここの油屋旅館でお泊りするの。まるで夢の中にいるようですわ……

……二泊のひとり旅か。よく出来たご主人にめぐり逢えて、以麻ちゃん、幸せだね……

……でもわたし、ホラ吹きジャックに仕掛けられたキツネの嫁入りみたいなの……

……うっかり者で慌てん坊の以麻ちゃんらしいや。でもね、きっかけやなりゆきはどうであれ、人とのめぐり逢いというのは、自分では気のつかないはるか遠い宇宙的な配慮によるもののようだ。キツネの嫁入りだなんて考えない方がいいよ……

……今、この道を歩いていて、大毅さんのことを思いだしているのも、その宇宙的な配慮なんでしょうか。まだ結婚したばかりの秋に、サンマの歌、という詩を何回もきかされたの。捨てられた男と、のこり者の女が夫婦になって、夕飯にサンマを食べている、という詩なの。サンマは苦いかしょっぱいか、と何回もきかされて、わたし、とてもやりきれなかったわ。主人はもっと別のタイプの女の人が好きだったみたい。でもわたしに、堀辰雄や軽井沢のことを教えてくれたのも主人なんです。だから主人は、失望と感謝のマーブル模様みたい……

……人との係わりというのは、いろんな矛盾が絡みあっているもんだ。その中でひとつでも快いものがあれば、幸せの種だと思えばいいよ。その種を大切に育てている間に思いがけない発見をするもんだ。相手を変えるのは難しい。それよりも自分が発展的に変化するように努力することが大事だよ。そうすれば、サンマの歌など、へのへのもへじみたいなもんさ。ひとり旅が楽しいのは、きっと生命という発光体の自家発電のせいなんだ……

大毅の爽やかな微笑が浮んでくる。

……大毅さんのこと、小さい時から素敵な人だ、と思ってたわ。でもお嫁さんにはなりたくないわ……

……どうして……

……大毅さんには、もっと賢い女の人が合っているわ。わたしのようなボンクラなお嫁さんだったら、大毅さんは年柄年中カンシャク玉になってるわ。何から何まで釣り合わないの……

……利口な女性は神経が疲れる。僕のように少し短気な人間には、おっとりとして見て見ぬふりのできる大人なボンクラが一番いいよ……

大人なボンクラ、女性にもてるタイプだから、浮気を思わせるような言葉でもある。男は大なり小なり光源氏なのだ。でもシャンソンのラストダンスのように心の隅でいつも大人なボンクラを想っていて欲しい。何をしようと男というのはそのくらいクールに醒めていた方がチャーミングなのだ。大毅のように鋭くて細心の男は、どのようなことであれ、新妻を傷つけるような、サンマの歌たぐいの軽口はぜったいに口にしない。

夕暮の街道筋に灯りがともりだすと、そぞろ空腹をおぼえるようになった。

間口のあまり広くない油屋旅館に橙色の灯りが、鄙びた趣きを際立たせている。

「お客さん、堀先生のお部屋ごらんになりますか」

宿の主人が声をかけてくれた。電話で予約をとりつけるとき、堀辰雄について少し話しこんだからだろう。といっても堀文学に特に造詣が深いわけでもないが、夏の終り、虫ききの会の百花園を訪れるために、業平橋のあたりから隅田川あたりをずっと歩いている間に、堀が幼年時代を過した向島に辿りついたことがある。そんな語らいが効いたようである。

「このお部屋あいているのでしたら、今夜はこちらへ泊めていただけないでしょうか」

「いいえ、それはできません。ご予約のお客さまは、どんなに晩くなってもお見えになりますから。堀先生のお部屋は、数ヶ月先まで予約が詰っているのです」

ということだった。

手堅い読者に読み継がれているのだ。地味ではあるが、文学に値いする優れた作品は、多くの読者から切れ目なく読まれている、ということである。「風立ちぬ」という死と愛の物語は、戦時中学徒出陣の学生たちが、ポケットにしのばせて愛読したそうである。内面に深く響いてくる詩のように、何度でも読みたくなる。

「別荘を探して、自転車で随分と軽井沢を廻りましたけれど、見つかりませんでした」

「堀先生の別荘は、塩沢湖畔の軽井沢文庫の方へ移築されたんですよ。中軽井沢からタクシーで行かれると便利です」

宿の主人はそう教えてくれた。

「うちの夕食には、いつも鯉の飴煮をお出しするのです。堀先生の好物でしたから」

シーズンオフの食堂は以麻の他に客はなかった。たった一人きりの客なのに、丁寧なお晩菜風の信州メニューである。まる一日歩きまわり空腹絶頂の胃袋に、鯉の飴煮はまさに甘露のように滲みわたった。

……堀先生、とても美味しいです。ひとり旅なのに、なかなかどうして一人ぼっちにはなれないものです。今は、このお食事がお友達です。人という字は、人と人が支えあうという意味だといわれますが、そうばかりではない、ということが、ひとりで旅をしていて分かったような気がします。わたくしを支えてくれているのは人だけでなくて、風景の中に溶けこんだいろいろな存在の気配など。ですから風はいろんな命の香りに満ちているんです。ひとり旅というのは、けっこう面白くて豊かなものですわ。人と連れだって歩いていたら、多分このようなことに気づかなかったと思います……

まるで作家をひとり占めするように語りかけていた。

## 生国の美学

堀のことを「辰ちゃんこ」といって可愛がっていた龍之介も同じ江戸ッ子で、大学までずっと彼の先輩である。龍之介と辰雄はまるで異質なタイプだけれど、二人とも小説家というよりどこか詩人の部類に近いような気がする。吟味された言葉と韻のきいた文体に、江戸の粋を滲ませる芥川の「戯作三昧」が以麻はとりわけ好きである。とげぬき地蔵を向い側にやりすごし、染井墓地も通り過ぎて狭い横丁を角ると、龍之介の眠る慈眼寺はすぐだった。探してもいない谷崎の墓はすぐ見つかったが、目当ての龍之介の墓が一向に目につかない。アパートでペットを飼うことを禁じられていると見えて、塾通いらしい小学生が何人か、野良たちに餌の出前をやっているようだった。首をかしげたくなるような作品に、どうして文学賞が贈られるのか不思議でならない。そんな気持をつのらせながら歩いている間に、野良の糞を踏みつけそうになって身を除けると、その弾みで龍之介の墓の前に出会した。使い慣れた座布団を模して作った正方形のどっしりとした墓である。冴えたブルーのりんどうや瑞々しい色どりの夏の花が供えられていた。やはり未だにファンが絶えないとみえる。「戯作三昧」を読んだ時、たった三十五年の間に、百五十年くらいの呼吸をした作家ではないか、としきりと考えた。河童の絵も好きだし、何かにつけてトップデザイナーだ、と墓石に見とれていると、野良公の落し物から金蝿が何匹か飛びたった。……そんなもの、糞っ喰らえだ……座布団の形の墓石が、江戸ッ子調の粋な苦笑を放つ。

とつぜん江戸の高座の落語をきかされでもしたような愉快な気分がこみ上げてきた。そんなもの、糞っ喰らえだ、復唱すると声が笑ってしまいなかなかお経の調子にならないのだ。まったく根っからのユーモアの達人なのだ。この生き辛い娑婆世界にあって、一刻たりとも作品の世界でひと息つかせてやりたい、という作家の深い念いが垣間みえる。ようやく心経を唱える気分がととのいだした。

みやげ物屋が軒をつらねる浅草寺の門前町を歩くのも好きだが、墓参りも面白いものである。中勘助の「銀の匙」にも興味があったので、青山墓地を訪れたことがある。副主人公の伯母さんが名古屋の人であると見えて、文体そのものが名古屋言葉のトーンである。そんなことからこの作品に特別な興味を覚えるようになった。名古屋という地名をすっかり伏せているのだが、繰返し読んでいるうちに、お船手という船役人らしい夫と暮した場所の見当もつくようになった。はるばると海路を名古屋港まで運ばれてきた各藩の献上品は、そこからは江戸時代に掘削された堀川を通って名古屋城まで運ばれたのである。そのご用船の格納庫は、祖父の勤める材木屋の向い側にあった。伯母さんの夫は堀川のご用船にかかわる船役人だったようで、その堀川沿いを思わせる住いが作中にも記されている。

祖母の親戚筋にも熱田奉行に勤める画才に長けた役人がいて、各藩からの献上品を検分した上、それを絵日記風にまとめたそうである。

伯母さんは夫と死別したあと、東京へ嫁いだ末の妹である勘助の母の家に身を寄せるようになった。勘助を生んだあと、体調が優れないということで、手伝いや赤ん坊の面倒を見るためだった。

堀川のすぐ手前は東海道の宮の宿で、そこから次の宿場の桑名まで七里の海路を船で渡ったのである。船着場のすぐ側に昔は熱田神宮の一の鳥居が建っていた。交通と経済の要衝でありかつては賑わっていたようで広重も東海道五十三次の絵に描いている。そこから堀川の手前まで尾張藩の藩設の魚市場が、橋を数本かかえるほどに延々と建っており、信長の住む清洲城まで毎朝魚を運んだということである。魚市場のつきる白鳥橋から上手には木曽材を貯木する木場になっており、その辺りには材木問屋が軒をつらねていた。祖父の店もその辺にあり、士族あがりで商いには疎い方なので、祖父はあまり陽の当らない立場のようだった。材木屋が途切れる辺りが船役人たちの軒の低い家であったり、筏師たちや材木にかかわる人々の長屋が並んだりする下町だった。名古屋城へ近づくにつれ、堀川筋もご用商人たちの蔵をかまえた屋敷が続いたり、どこか重みのある上町の風格を帯びるようになる。そんな訳で伯母さんの言葉は品の良い上町風の名古屋弁になったり、時には庶民的な下町言葉になったりで、なかなかと面白い。「銀の匙」は中勘助の処女作でありながら漱石に激賞されたことで朝日新聞に連載されることになった。漱石先生は文体そのものが名古屋言葉をベースに書かれていることなどまるで頓着ない。あの作品を全て標準語で書いたら、あれほどの生彩は出ないと思う。小説の文体は、ことほど左様にメリハリイロツヤが大切なのである。それについていえば中勘助はとても美意識の冴えた作家だといえる。

しかし、作品の中で東京の地名については克明に記しているし、大阪など関西の地名も記しているのに、この作品のクライマックスといえる劇的な終章に近い辺りで、伯母さんは先祖代々の墓参りやなんとない生国への思いに心うごかされるものがあって、という記述にとどめている。その地名を伏せられた生国の地で彼女は思いがけず長患いをし、とうとう東京の勘助の家には戻ることができなくなったのである。離れて久しい生国には、もう頼れる身寄りもない。やっと遠縁に当る家の留守番をすることで、伯母さんはまだ明治の頃に侘しいひとり暮しを始めるのである。勘助が十六歳になった春休みに京阪方面へ旅行に出た帰り路、長年会わずじまいになったまま疎遠になっていた伯母さんのことが気にかかり、いとま乞いのつもりで、ふと訪ねてみる気になったのである。作者の病弱の母に代って、赤ん坊のころから小学生になるまでの幼年期を、心を傾けて勘助の面倒を見た伯母さんであるから、思慕の気持は相方とも一入であったであろう。伯母さんは勘助の母親の一番上のお姉さんである。「銀の匙」の中でもこの終章あたりが極めて生彩を放っている。京阪地方と旅先の地名を記しながら、作者はそれほど心かたむけた伯母さんの住む名古屋という地名を全て伏せ、生国とのみ記しているのが、なぜか腑に落ちない。それなのに伯母さんにはしっかりと名古屋弁を語らせているのである。

「どなたさまで、いらっせるいなも」とか「さあ、どうぞお上りあすばいて」などは名古屋の上町言葉である。

「まあ、そのい大きならんして、ちょっともわかれせんがや」とか、

「東京から勘さがきたに、ちゃっといっぺん来てちょうだえんか」などは間違いなく名古屋の下町言葉である。

名古屋という地名を伏せて名古屋弁を主流とした文章を書いたのは、勘助特有の美学かも知れない。しかし、強いて詮索をすれば、名古屋という土地にそれ相当のコンプレックスがあったのでは、とも考えられる。勘助の父親は名古屋城の筆頭家老の一人、今尾藩主

の竹腰家に仕えた重臣であった。勘助は江戸表の藩邸で生れているが、家庭内ではよく名古屋弁が語られていたと考えられる。江戸表の将軍職は本来ならば尾張徳川家が継ぐのが通例だったが、その世継ぎ候補が病死をしたために、急遽、紀州の吉宗にその栄光が廻ってきたのである。しかし、兄の病死によって七代目の名古屋城主になった徳川宗春は智力にも優れ、江戸表の吉宗の質素倹約とは真逆の自由闊達な政策ぶりで、茶の湯、俳諧などの文化や歌舞音曲の芸能なども大いに奨励をした。そのために民衆からの人望も抜群であった。活力を得た民衆によって産業や経済の発展も目を瞠《みは》るものがあった。しかし、江戸の吉宗にはそのことが面白くなく、やがては自分の地位をゆるがしかねない、という脅威さえ覚えるようになったようである。徳川宗春が駿河へ鷹狩りに赴いたことを、江戸表に矢を向ける深意の現れである、といいがかりをつけ首席家老の犬山城主成瀬と今尾城主の竹腰の二人を懐柔し、ついに宗春を命尽きるまで名古屋城の奥深い場所に蟄居させたのである。吉宗の意に従い、主君宗春を貶めることによって成瀬も竹腰も吉宗から過分な栄達を獲得することになった。しかし、これには正否の問えない微妙が絡んでおり、現代にも通じる人間模様のきな臭さが漂っている。あまり遠からぬ先祖の罪過を思う時、勘助は名古屋という地名にさえ、心安からぬものを覚えたのではなかろうか。信頼しきっていた二人の上席家老にまんまと裏切られ、いわれのない罪で死の日まで幽閉されたのだから、尾張宗春の怨念たるや計り知れないものがある。宗春には彼なりの政治哲学があり「温故政要」という書物も書いている。自由闊達は彼の性格ばかりでなく、文化・芸能の他すべて開放的にした方が、民衆にやる気を起こさせ、強いては経済その他世の中すべてを活性化させる、という政治理念に基づいたものである。すでに彼は西欧の事情に通じていたのかも知れない。それは近代の世界状勢を見ても分ることである。彼には江戸表の将軍職などうでもいいことであり、吉宗よりも時代の先を見る目が少しばかり優れていただけなのだ。明晰であったばかりに、少しオッチョコチョイに傾いたことに気づかなかったようである。

中勘助は文壇きっての男前といわれ、気品あふれる美丈夫の通り、実に礼儀正しくきわめて誠実な人物だった。それだけに宗春公の悲運が心の隅にかかり、名古屋に関しては実に複雑な心情があったと考えられる。武家や支配階級の血筋というのは、どういう訳か因果なものだ。成長するにつれ、勘助の家族もかなり難儀な事情に見舞われ、随分と辛い日々の連続だった。勘助にとって、伯母さんと過した幼年時代の日々が、人生の間で最も輝きに充ちていたのかも知れない。それを書くことで自らの中に至福の灯りを灯しつづけたのだろう。

少年期、中年期、そして老年期に読んでもその灯りは微妙な変化で読者を魅了する。私小説という形をとっているが、作中には神経を病んだ高学歴のホームレス、登校拒否、そして年金も老人施設もない時代に、伯母さんは見事に老人のひとり暮しをやってのけている。さらに人生最後の幕の引き方がまた素晴らしい。老いを素直にうけ入れ、身寄りのない身の上を殊更に嘆くこともなく、老いさらばえた躰で、やっと遠縁の留守番をさせてもらうことで一人でその日暮しをしのいでいる。

「何ぞ、人さまのお役に立っていたいで」

といって視力の衰えた目で針仕事にも精を出す。老いの不遇など少しも嘆いたりせず、いつしかできた近所の顔馴染みを集めては、持前の剽軽を発揮して面白い話などで人を笑わせたりするユーモアの達人でもあった。情が厚い上に物識りでもあった。面白い話で人を笑わせるとは、なんと素晴らしい徳分だろう。以麻は自分の欠点を焙りだされるような気持になった。なんとか伯母さんの真似をして生き直してみたいという思いがこみあげてくる。笑顔どころか酒好きの夫にはいつも仏頂面ばかり向けてきた。職場では時に煮え湯を飲む思いで耐えている夫に、なんと幼稚で頑なな妻であったことかと悔いばかりが募ってくる。

「朝、目が覚めるとさいが、おお、また命があったわゃあ、と思ってなも」

最晩年に至ってさえ、そこはかとない命の微光に、ほのぼのとした愛惜を傾けるのである。伯母さんは信心家でもあった。ゆるゆると最後の瞬間が近づいてくるのを覚えながら、怖れもせず、まして何の気負いもなく、あちら側へ旅立つ来世のことを、新しい目覚めと受けとめていた。老いと人生の終り方の達人ぶりが垣間みえるようである。

伯母さんは勘助が訪れたあと、間もなく熾き火が消えるようにしてこの世を去った。

「銀の匙」はいま読んでも新鮮な精彩を放つ。読む程に現代のテーマが浮彫りになってくる。

青山墓地の石垣は少し傾いていたが、在りし日の人々が、一瞬もどってくるような、ひどく満たされた気分になった。

# 十　電話オジサン

## ボランティア

以麻がボランティアに出るようになったのは、町内の集会所づくりに精を出したのを、近所の主婦のみならず町内会の男連中からも、やりすぎると妬っかまれ、何かと気が沈みがちになったからである。いくら風邪薬をのんでも症状は一向によくならなかった。

「そんなの神経性のカゼだから薬では治らんよ」

と声をかけてくれたのは、以麻と同じ同人誌仲間の電話オジサンである。東京で額縁作家をやっていたがうまくいかず、名古屋へ落ちのびてきたということだった。同人費や発表費をまともに支払わないので、執行部からかなりひどい言葉を浴びせられるようになった。その同人雑誌には教員が何人かいた。その一人は、貧乏人は文章なんか書くな、とエゲツナイ言葉を放ったし、弁護士や医師の夫人たちも、電話オジサンにはどこかよそよそしい態度をとり、避けているようだった。

「俺の親父の先祖が会津藩士でね、会津藩のことを書きたくて東京に出たんだ。でもなかなか作家の道は嶮しくて、ついに断念して麹町で和菓子屋一筋になっちまってね。職なしの俺、しきりと親父のように小説が書きたくなってさ。この会に入ることにしたよ」といっていた。入会の許しをとりつけるために、名古屋から伊勢の主宰者の所まで、金がないので自転車で赴いた、ということである。金もないのにこのご仁、酒と人と電話が無類に好きなのである。低くしわがれた愛嬌のある声は、とても人なつこい。退屈だといってはかけ、面白いことがある、といってはかけるから電話代たるやン万円もの金額になると、看護師の奥さんはぼやいていた。もう五十代の男盛りなのに男の卑らしさがまるでなく、少年のまま大人になったようなあっけらかんとしたあどけなさが独特な魅力を放っていた。

「ひとり余計に子どもがいると思って嫁入ってください」

というのが、父親の言葉だったそうである。職がなくても奥さんはそんなご亭主をこの上なく愛していたようである。目にとめた画家の絵に額縁をつけると、奥さんはそれをもって医師たちに売り歩き、大方完売したということである。木彫の腕もたしかなもので、作品ができると企業や商店のインテリアに使ってもらっていたらしい。不定期な収入はその程度である。電話オジサンは会員たちの蔑視も淋しい笑顔で耐えていた。あっけらかんとした少年のようなユーモアの中にそこはかとない悲しみが漂っていた。手の甲というのは不思議とその人柄を物語っている。お喋り好きの電話オジサンの手の甲は、樫のように寡黙な光沢を滲ませ一流作家の名品のようだった。

合評会で以麻もけっこうひどい酷評を受けることがあった。文学賞もとり多方面で活躍しているセミプロ級のアドバイザーから、

「無名作家だったら、もっとヘタに書けよ。ヘタに。まったく可愛気がない」

と青筋立てて怒鳴られたことがある。すると、あとで電話オジサンが側にきて、

「以麻さんよ、酷評をもらったら成功だよ」

と慰めてくれた。

「以麻さんと僕、どこか双児みたいに似ているよ。文学はね、そういう人間にしかできないよ。幸福な常識屋に文学なんてできやしねえ」

「どこが似ているの。私は適当に常識家よ」

「なんていうか、枠からハミダシタ厄介なところかな。黙ってたって、そういう危うさ伝わるもんだよ。無難な方向についていけない無器用なところ、以麻さんにもあるよ。もっと広い世間へ出て武者修業やらんといかんよ」

「でもわたし、家庭を捨てて世間へ出ていく根性も馬力もないわ。わたし、気が弱くて臆病で子どものことがとても気になるの」

「そうだな、作家なんて無法者と紙一重なんだ。除け者にされた所で踏んばるんだ。以麻

さんは世間知らずの頭でっかちだから、野性のような底力が足りないんだ」

電話オジサンはそんないい方をした。彼は間もなくその同人誌から飛びだし、東京の大手出版から「荒れる学校」という本を出した。

同人会での危うい立場と町内での孤立感は似かよっていた。町内に限らず、無難な方向にスンナリとついていけない感性に気づくや、仲間外れのターゲットにされてしまうらしい。しかしここは自分に欠けている根性の正念場なのだ、腰を据えようと思った。

消費者運動が産声をあげたころ、数人の有志と団地の中に主婦の会を起ち上げることに成功した。名古屋の文化センターには遠く、身近な場所で生け花、茶の湯、その他趣味の会につづき、団地内のショッピングセンターが全て割高なことに対抗して、お茶や缶詰などの共同購入を始めたのである。ところがそれまで場所を提供してくれていたショッピングセンターは頭《つむじ》を曲げ、ＰＴＡや町内会にはＯＫなのだが「主婦の会」だけ集会室から閉め出されてしまったのである。五百戸ちかいマイホーム団地に当時は集会所というものがなかった。場所なしで暫らく注文とりや配達といった不便な共同購入が続いたが、以麻は団地内の水道管理人宿舎が空き家になっていることに目をつけた。２ＤＫと少し手狭だがとり敢えず町内の集会所にすることを提案した。それを行動に移すのを躊躇うメンバーもなくはなかった。しかし主婦の会のいい出しっぺという立場から、以麻は独力で市の財産課と交渉を始めた。何もかも独力であったが彼女は市の消費者協議会のメンバーでもあったのでその方面からの応援もとりつけ、何とか六ヶ月後に集会所の開設に成功した。まだ入園前の末娘をおぶって市役所へ通いつづけた。しかし、町内会をだし抜いた行動だといって、ひどいクレームが湧き上がった。町内会長を歴任した男の奥さんは、

「町内会長OBたちは、県会議員やこの地方の有力者には顔がきくからねえ。お宅のご主人の出世の邪魔をするくらい訳ないのよ」

と脅してきた。そういう脅しの背景には、いい出しっぺの以麻があまり行動的なので、他のメンバーからも孤立ぎみであることに気づいていたからである。以麻はやはりハミダシ者のようである。とはいっても敷地内から給水ポンプを撤去して場所を拡げ、投票場にもなり町内会の行事はもとより子ども会のイベント、老人会の習い事と集会場は半世紀ちかく経た現在も連日盛況である。しかし、以麻はしだいに遠のいた。イベントの都度連れだってやってくるのに、以麻は誰からも声をかけられない。席どりも決まっており、以麻は居場所もなかった。ハミダシ者のスカ籤《くじ》だ。フーテンの寅さんみたい、だと思った。

モシモシ以麻ちゃん以麻ちゃんよ、そこで頭《つむじ》を曲げてはいけないよ。町内の皆さんに喜

んでもらえるのが、この方角の定めでござんす。世間は広うござんす。旅する間には、きっと以麻ちゃんにぴったしの方角につき当たる。根性なくても人情あれば、以麻ちゃん磁石は福の神、メゲルナ、メゲルナ……いつの間にか頭の中で寅さん節が廻りだす。

アバヨ、と寅さんみたいに昼間は家から遠ざかっていたい、としきりと考えるようになった。ショップも自転車で遠くまで出かけたりした。ついでにマネキンのバイトなども見つけたりする。夕方の見切り品で夕食も割安にできて楽しかった。企業城下町の見識高くて根クラな奥さんづき合いよりも、ショップの店員さんとのやりとりの方が面白い。商品知識やメンタルなこともいろいろと勉強しているので、店員さんは意外ともの知りだし、第一人柄がいい。

「友だちづき合いも好いけれど、こういう所で知らない人とお喋りするのはボケ防止になるんだって」

とパートの主婦店員は教えてくれた。

「それに知らない同士というのは、とても新鮮でパワーアップになって気持がいいわ」とも言った。パートさんも人間が好きなのだ。

そんなある日、新聞の読者欄で、昔の古い唱歌などで特別養護老人ホームへ月に一度、歌の出前のボランティアをやっている、という記事が目についた。古い歌の好きな以麻はさっそく参加することにした。ギター、マンドリン、フルート、などのセミプロ級の人々のサークルである。午前中のボランティアが終わると、午後は燕返しにひき返し、自宅でピアノ教室をやるのである。芸大で専門の教育を受けているのに、彼女たちの仕事は気の毒なほどささやかである。以麻より十年くらい若い華子さんは、クラシックギターの名人でとにかく爽やかな人柄である。

「お月謝は一回につき千円にまけとくから、月に二回ほど弟子になってくれませんか」というので、これでまた不愉快な近所の人々と顔を合わせる機会が少なくなると思うと気が軽くなった。初めて手にしたクラシックギターの音色にたちまち魅了されたものの、五十路をすぎた指はすでに硬く、始めの間はまるで音楽にならなかった。しかし、華子先生は弟子が増えたのが余程うれしいと見えて、惜し気なく高価なギターを貸してくれるし、堅苦しいテキストよりも親しみやすいコードを中心とした手書きの楽譜まで用意して、手をとるように親切に教えてくれる。禁じられた遊び、ドナドナ、マルセリーノの歌、希望など、以麻の好きな曲もなんとか弾けるようになった。ギターの音色が気に入り、ギターこそわが友だち、という程になった。レッスン後のティータイムがまた楽しい。出身地が民芸として評価の高い益子焼の地方なので、コーヒーカップも益子焼を愛用していた。よほど音楽の才能に恵まれていると見えて、耳にしたことのないギターの名曲をいろいろと演奏して聴かせてくれたりした。ギターばかりでなくエレクトーンやマラカスに至るまでいろいろな楽器をそろえていた。しかし、百万円もするギターや数々の高価な楽器も、みなハードなバイトをすることで手に入れた、といっていた。以麻のように何の取得もない妻を持った夫に、しきりと申し訳ない気持ばかりが募ってくる。そんな訳でギターの他エレクトーンや打楽器の弟子もやってくる。ついに音楽好きの友人たちに声をかけ、お寺の本堂を借りて障害児のためのチャリティーコンサートをやったりもした。一体どこからと思われるほど、マンドリン、オカリナ、ギター、フルート、小型ハープなどいろんな楽器のセミプロ級のメンバーが集まってきた。カンツォーネやドイツ歌曲の歌い手たちもとび入りで出演した。チケットやプログラムも華子先生お得意の江戸型染から由来する渋紙を使ったカッパ刷りのステンシルである。柿渋を滲みこませた渋紙は、江戸時代の旅人も使用した雨合羽にも使われた。とにかく彼女は何でもこなす器用人なのだがまるで曲がない。アマチュア精神を楽しんでさえいる。しかも、とびきり面倒見が好いのである。友が友を呼ぶというのか、彼女の周りに集まってくるのは、みな似たタイプの爽やかな人たちだった。無名であっても何かひとつ打ちこむものを持っていると、人柄が磨かれるのだろうか。第一人相が良い上にとても初々しい。プロの世界は競いあうし営業もするから人相にもアクがでる。

大方みな家ではピアノを教えたり、学習塾をやっている。どういう訳かみな家庭が円満なのである。ハープの看護師は病弱の夫を養っていた。夫婦仲がとてもよく、出勤する妻を夫が毎朝見送るというのである。夜おそく酔って帰ってくる夫を、仏頂面で迎える以麻には耳の痛い話である。称賛も金銭もまるで当てにしないアマチュアリズムの清々しさが、ひどく尊いものに思われ、心の傷がしだいに癒されていくようだった。マイホームのローンに追われ、心を傾ける楽しみもなく、ささいなことで人を妬んだり、仲間外れにする人たちのことがしだいに気の毒になってきた。

オカリナの友美さんは、以麻より更に遠い地方に住んでおり、特養ホームへ出かける時は近くの県道を通るので、いつも車に同乗させてもらっていた。オカリナはその友美さんから教えてもらった。

「以麻さんはギターで指がしなやかになっているから楽なのよ。初心の人は指をセロテープでポジションに固定したりして、とても苦労するのよ」

と彼女はいった。その上テキストもみな彼女に選んでもらった。

「オカリナを練習する時はね、あそこに見える村積山へ朝早くに登ってするの。音が漏れると近所から特別に見られて、困るから」

帰りの車の中で彼女はそう語った。やはり誰しも近所にはかなり気を使って暮らしている。それに較べ、以麻は自分の幼稚なオッチョコチョイを今更ながら呆れ返った。遠い道程を方々からやって来るのは、B♭(ビーフラット)というアマチュアの音楽グループが、今どき珍しいオアシスムードに満ちているからのようである。どういう訳かみな親兄弟や親戚づきあいが円満らしく、語らいの中でよく兄弟や身内の心温まる話題が登場した。よほどオアシスに縁のある人たちなのだろう。

## ひとつ目患者

上二人の娘が社会人になると、以麻は名古屋第一日赤のボランティアにも参加した。週に一度というハードなボランティアだけに、個性の強い人もいたが、なかなかと得難い体験が面白かった。とにかくいろんな患者がやってくる。受付に行く前にボランティアは正面玄関の半円形のカウンターの前に立ち、症状をきいてから診療科の指示をする。三十分毎にレントゲンの画像が柱状のポストから下りてくると、それを各診療科に配布する。休む間もない。増築で蛸の足のように延びた各科の病棟まで入院患者を案内する。複雑に入り組んだ廊下を歩きながら、いろいろな患者たちと話を交わすのもいい経験になる。四階のエレベーターの側で清拭用のタオルを何百枚もたたみ、それをナースセンターに持ちこんで水に浸し、消毒器のサイズにローリングして詰めていく。それが終わると酒精綿づくりもボランティアが引き受ける。つまり病院は慢性の予算不足で、看護師も看護助手も人手不足なのである。専門性を要しない仕事は大方ボランティアが引き受けている。朝の九時から正午まで全て立ち仕事である。五十代前半の以麻でもぐったりとなる。手弁当の昼食を別棟のプレハブ二階のボランティアルームですませると、洗濯場から運ばれてきた新生児用の夥しい量のガーゼの仕事が午後の三時ころまで続く。名古屋第一日赤は古くから産婦人科の知名度が高く、患者数も群をぬいて多い。ガーゼの使用量は半端ではない。再利用するために午後三時ころまで、洗ったガーゼを厚い板に打ちつけた釘にひっかけて元の形に整えるのである。このような仕事に人件費を払っていたのでは、日赤の財政はパンクする。そんな手作業をボランティアたちは持ちよったおやつを食べながらお喋りを楽しむので、午後のボランティアルームはかなり寛ぎタイムだった。彼女らの多くは身内や自分の病気で苦労した人や、職場をリタイアした人たちだった。おおかた名古屋市内や近郊の人が多かった。以麻は桁ちがいに遠方からのメンバーである。往復の交通費は痛かったが、ネクラな町内から離れて、自分に向いた過ごし方ができるのはひどく有難いことだった。

四階のエレベーターの側でいつものように山のような清拭用のタオルをたたんでいた。それを入れるブルーのプラスチック容器はコーナーがひどく破れていて、その上からガムテープで補修している。もう四年目なのに一向に新調しない。これだけ徹底してムダを省くとかなり節約できる。こういうことを自分の家計に実行できたら、などと暢気なことを考えていると、すぐ横の窓際から、

「きょうは、いい風があって涼しいねえ」

さっきまでベンチで後ろ向きに新聞を拡げていた男の患者が、とつぜん声をかけてきた。

「そうですね。朝から陽差しは強いけれど、涼しい風が入りますね」

と顔を向けると、その患者は顔半分がスッパリと削ぎ落とされたように、眼もひとつだけだった。しかし、半分しかない顔には飛行機雲が棚びくような爽やかな微笑が流れている。

ひとつ目人間は入院患者である筈なのに、健常者にも稀なほど清々しい微笑を湛えていた。以麻は驚きの入り混じった不思議な磁力に捉えられ、暫らく茫然となった。男はそれ以上は語らず、新聞をたたむとひどく落ちついた足どりで、ゆっくりと病棟の方へ去っていった。年恰好から推測すると、戦場体験者であることが想像できた。引き留めてもっと話していたい気持がしきりとこみ上げてくる。病気のことには触れないで、趣味とか好物のことなど、とりとめもないことを話していたかった。なのに類《たぐい》まれな微笑のひとつ目患者ともっと語れなかった後悔がしきりとつのってきた。

頭部も含め顔の半分を失った重症の兵の命を救ったのは、よほど優れた軍医だったに違いない。以麻の中に大毅の面影がせり上がってきた。現代の医学であっても、あれだけの重傷者を救うのは至難の技であろう。ひとつ目患者の爽やかな微笑と大毅の微笑が重なりながら迫ってくる。

「僕の顔が見えるようになったか。よかった。もう大丈夫だ。目はひとつでも、両手両足は助かっている。頑張るんだよ」

ひとつ目患者は、彼を救ってくれた軍医の微笑をきっと記憶の襞にたたみこんでいるに違いない。以麻はそんな想いを廻らせていた。男はずっと後ろ向きで窓際のベンチで新聞を読んでいた。目はひとつでも、すぐ側でタオルをたたんでいる以麻の心の景色を敏感に感じとっていたのかも知れない。そんな彼に声をかけられたことが、以麻にはなぜか嬉しかった。背中や歩き方でその人の人柄は伝わってくる。戦場で九死に一生を得たものの結婚や家族には縁のない暮らしかも知れない。盆の前日、真夏の珍しく風の涼しい午前中、以麻と少し話してみたかったのだ。しかし、何と情けない狼狽え方をしたものだ、そのことを彼女はとり返しのつかないことのように後悔した。

ボランティアルームで昼食をとっていると、

「顔が半分なくて目がひとつだけの患者さん見たわ、何科の病気かしら」

新入りなのによく軽口をたたく米田さんが少し大げさないい方をした。

「ふつうの病気とは違うわね。躰が欠落していく病気なんだから」

いかにも差別的で偏見にみちたいい方をしたのは、何かと小うるさい長老格の峯山さんである。

「あの患者さんは、決して躰が崩れたり、欠けたりする病気ではありませんわ」

以麻は撥ねつけるようにきっぱりといった。

「じゃあ、どんな病気だとおっしゃるの」

「あの方は峯山さんと同じ戦中派だとお見うけしたわ。峯山さんより少し年上かもね」

以麻はそれ以上は何もいわなかった。

小うるさい割に想像力が乏しいと見えて、長老格は虚ろで怪訝そうな目を泳がせていた。

彼女は前に学徒動員のことを話したり、空襲の時は防火用水の中へ飛びこんで、家から大事な家財道具を運び出したといっていた。

「この年になるまで、五体満足で日々無事息災に暮らせることは、とても幸せなことだと思ってるのよ」

以麻は硬くなった雰囲気を和らげるようないい方をした。ほんとうにその通りだと新鮮な気持が漲ってきた。ひとつ目患者のたぐい稀な清々しい微笑を蘇らせていると、いろいろと煩わしい世間づき合いや、酒好きで帰宅の遅い夫のことなどが、ゴミのように一気に吹っ飛んでいった。あんなもの枯れ尾花のお化けみたいなもんだ。自分がいい加減だから、キツネ族や狸族になめられるんだ。

……大毅さんが野戦病院で頑張ってる姿が生き生きと蘇えって参ります。だから以麻のことも時々は思い出して昔のように叱ってください。どうか以麻のオッチョコチョイを治療してください。……

深い所でそう呟くと、今までの自分とまるで別の自分に脱皮できそうな予感が拡がりだした。

ひとつ目患者は厳しい戦場体験を貫いているせいか年相応の萎えがまるでなかった。年齢不詳という感じでもあった。入院しているからには、どこか悪いのは確かである。あの微笑は九死に一生を得て、その年齢まで生きのびたことを喜び、限られた余命の中で、ひと呼吸ごとの瞬間を大切に生きている証しのようでもあった。

# 十一　土筆つみ

## ゆきずりの語らい

三人の娘たちもみな結婚をし家を出た。夫は家に帰る道すがら、好んで歩いた近くの小川の土手を、夏の宵にほろ酔い気分で歩いている間に突然倒れ、そのまま帰らぬ人となった。もう十五年が経つ。酒に酔って毎晩おそく帰ってくる、ということを除けば至って出来の良い夫だった。彼はとても良い酒飲みだ、という評判で酒の仲間は彼と飲むことを誰もが好んだ。家には女房という鬼がいるが、外では福の神の時間を過す。鬼ばかり演じつづけた以麻は、悔恨につぐ悔恨で鬼の角を自分に向けて苛むばかりだった。生活に支障をきたす訳でなし、もっとノホホンとやりすごす大らかな奥さんだったら、夫はもっと長生きできたかも知れない、としきりに思うようになった。夫は亡くなる一ヶ月ほど前に出張のついでに千葉の弟の家で一泊しているが、以麻にはそのことを話さなかった。

「お義兄さん、ひと月程前に家でお泊りになったのよ。とてもお元気だったのに」

と夫の内證ごとを知らせたのは弟の嫁だった。まるで暇乞いのようだ。虫の知らせだったのだろうか。弟の嫁は女優のような美人の上におっとりとした曲のない人柄だった。洋裁が達者だったが子育てに手のかからなくなった頃から油絵をやるようになっていた。県展など地元の展覧会で賞がとれるようにもなった。しかし、それを鼻にかけることもなく黙々と絵筆をとり続けるだけだった。美人の上にそういう控え目な人柄なので誰からも好かれた。そんな彼女を夫はずっと想いつづけ、時には絵が見たい、といって立ち寄っていたようである。そんなことを手繰っていると、以麻は夫に逃げられたような、なんともいいようのない虚無感に襲われることがあった。

ひとり暮しになっても、土筆《つくし》のでる彼岸のころになると、以麻は決って近くの土手に土筆つみに出かけた。娘たちが小学生のころは、春休みともなると、その辺りではそんなことが当り前だったのである。野草の類が好物だった夫も一緒になって少年のように楽しんだ。もともと村夫子《そんぷうし》のように地味で朴篤な人柄である。弟の嫁の気を引くようなダンディーなタイプではない。拡げた新聞の上にうず高く盛られた土筆の袴とりも、夫は最後まで根気よくやっていた。まるで童心に返った純朴な姿だった。食生活が豊かになったり、土筆の愛好者が年々この世から消えていくと、土筆つみの風景もあまり見かけなくなった。しかし、彼岸のころになると人影のない野辺に以麻はやはり土筆つみに出かけるのである。夫といっしょに摘んだ記憶を手繰りよせては楽しんだ。農地改良の工事で土地に手が加えられると土筆の出る場所は一気に変る。その日も方々を歩き廻ったあと、やっと出来の好い群生地に辿りついた。ビニール袋はたちまち一杯になった。すぐ側を通りかかった同じ年頃の女性が、自転車から降り声をかけてきた。

「こんな所に土筆があるだかね。なかなかと立派な土筆じゃん。わたしも土筆は大好きだよ。だって一年でこの時期しか食べれんもんね」

女性は自転車から降りて一緒にとりだした。

「仕事帰りに、いい所へ来合せたやあ」

「まだお勤め先があるなんて、お幸せね」

「七十すぎのこの年でも、まだ使っとくれるで有難いわね」

荷台の篭の中には古い運動靴らしいものが包みからはみ出すように積まれていた。

「土筆つみをするとは思っとらんかったで、なんにも持ってこんかったやあ」というので、

「ビニール袋だったら余分に持ってるから、これ使って」といって袋を渡すと、

「ありがとね、助かるやあ」

とひどく嬉しそうだった。土筆をつみながら女性は身内づき合いや仲間づき合いの難儀なことなど、いろいろと語りだした。やはり誰にも大なり小なり身につまされることがあるようだ。以麻は自分の娘たちには、そのようなことが、できるだけ少ないよう何かと心が

けている。お寺から贈られた日めくりカレンダーを与えたり、ごく当り前の十戒についで聞かせたり、外出先で目に止った神社や寺などで、親馬鹿だと思いながら、つい娘たちの幸せを祈ったりする。

「他人にはなかなかと心が開かれんし、かといって身内には腹立つこと一杯だわね。気を遣いながら辛抱ばかり噛まされとるわ」

ふと道端で会ったゆきずりの以麻に、よほど気持がほぐれたのか、女はいろいろと胸のわだかまりを吐きつづけた。以麻はただ黙って聞いているだけだった。そういうものは黙っていても通じあうのか、女は以麻が相応の辛酸をなめていることを感じとっているようだった。以麻もどこか彼女と分り合える懐かしみを感じていた。黙っていても通じるものはあるのだ。黙っているだけに嘘がない。心の無線通信は、言葉以上に正確なのかも知れない。

日が長くなったといっても、そのうちに西の方に夕もやが烟りだしていた。

「こちら側にも、好いのが沢山あるみたいよ」

農道を少し鈎の手に曲り進んで採りつづけた。

「たくさん採れたやあ、奥さんは、どうやって食べらっせるね」

「玉子とじもおいしいし、甘辛く煮てちらし寿司の具にしてもおいしぃよ。ちくわや蒲鉾と和えるとお酒のおつまみにもなるしね。茄でて冷凍しておくと、夏でもおいしく食べられるのよ」

「奥さんは、いろんなこと知っといでるねえ。家はどの辺かいね」

「すぐ上の団地に住んでるの」

と目で方向を示した。

「団地のどの辺かね。奥さんと喋っとると、気持がほぐれてきよるとです。わたしらは友達とは表向き仲良う喋っとっても、こんな円い気持にはなれんとですよ」

以麻の家へ訪ねて来たそうな口ぶりになり、彼女は初めて九州訛りになった。

「こっちへ出て来てもう四十年になるとです」

大手企業の城下町には九州の出身者がかなりいる。

「こちらには、九州地方の方が大勢お見えだから、お知合いが多くて心強いでしょうに」

「何がどうして、いろいろとあるとですよ。心開いて話せる人など滅多おらんとです。何かと競争しおうたり、つつきおうたりで、なかなか円い付合いなどできんとですよ」

土筆を探すのも覚束ない程に夕闇が立ちこめてきた。以麻が引き揚げようとすると、

「ねえ、ほう、また会おうまいて」

女性はひどく切な気ないい方をして、自転車の方へ戻っていった。

全て横並びマナーの老人会にも、派閥がらみの社協の同好会にも参加しないので、近所から話しかけられることもなく、朝夕お経でボイストレーニングする他に声を出すことのない以麻にとって、野辺の道でゆきづりの女性と話ができたことはひどく嬉しかった。

清々しい風が気持の奥ふかく吹きぬけていくようだった。

……ねえ、ほう、また会おうまいて……

といって別れを告げた女性の声が、ヨーロッパの古い街並みのカリヨンの響きのように、いつまでも耳に残った。自転車の荷台に古い運動靴らしいものを満載した、少しみすぼらしい身なりの女性の、再会を期する、また会おうまいて、という言い方はドイツやフランス、イタリアのヨーロッパの言語表現と同じである。彼女は多分ヨーロッパ的なリベラルな感性の持ち主かも知れないと思った。そのような感性で村落共同体が根づいているような島国で暮すのは、たしかにシンドイに違いない。パンやコーヒー、洋風の食べ物でパパ、ママと呼び合ったところで、何事も横並びが好きな感性の本質は一向に変らないのだ。空気よみや人と同調することを怠ると、たちまち仲間外れのターゲットにされてしまう。他人の間のみならず、以麻などは身内からもこの憂き目に遭っている。小学校のころ以麻とよく気の合った友だちは、詩を書くのがうまいというだけで高学歴の両親から絶えず暴力を受け、お手伝いのように酷く使われていた。

カリヨンの鳴りひびく城壁や石畳の道を、古い自転車で駈けていく女性の姿が、彷彿と浮んでくる。夕食のあと、夜なべ仕事に古靴のゴムのソールと布を剥いだりするのだろう。

……ねえ、ほう、また会おうまいて……

どこかでまた彼女と会えるといいと思った。

## 旅のつれ

朝早くに家を出て名古屋のバスセンターから京都へ向うことにした。以麻よりも年配者らしい女性が発車間際に乗りこんできた。息を荒く弾ませ、知多半島の不便なところからかけつけてやっと間に合った、といって以麻の隣に腰をおろした。

「ひとりで旅に出ることなんか初めてだもんで。奥さんは何ぞのご用でお出かけですか」

「お天気が好さそうなので、気の向くままにフラーッと、ひとり旅に出たんです」

ひとり旅に慣れていそうな以麻について、そんなムードを察したようである。

「わたし、ちょっとした食堂やっとるんです。でもこのところ経営のことで息子と意見が合わんのですわ。夕べもひどくやり合ってねえ。一晩中眠れませんでした。だから目が覚めた起きぬけに、家を出てきたんですわ」

なかなかの働き者であることは、バスに乗りこんできた息づかいからも察しがついた。次々と紙玉鉄砲のように話しだす。早朝から市場へ仕入れにいくことから始り、夜は晩い時間まで酒の客の相手もする。

「車でみえたお客さんは酒が入ると、タクシー代を渋って、家まで送らせるんですよ」

「ひどいわね」

「そりゃあ、多少は心づけ貰いますが、そういうサービスせんと、家のような小さな店はやっていけんのですわ」

海辺の小さな田舎町の何の変哲もないありふれた店でも客相手の仕事というものは、段取りから本番、そして最後は跡片づけから翌日への準備、目には見えない雑多な用事がずいぶんとある。以麻は専業主婦という自分の暮しぶりに幼稚な負目と、いい加減なママゴトめいた後ろめたさが恥のように募ってきた。小さな食堂のおかみさんの苦労話が新鮮でもあり、少し物識りになって多少大人な気分にもなった。やはり人は多くの人に出会うことで巾ができてくるのだと思った。夫が行きつけの店で女将の傍で過す時間が長くなるのも無理はない。世間や人間のダシをたっぷり吸いこんだ女将の旨味には敵わない。飲み屋の女将にさえ敗北感を覚える。客の特徴や興味をつかんで話題を選ぶ、というだけあって、世間通の彼女はバスの終点の京都に着くまで、次々といろんな話をきかせてくれた。面白い短編小説をいくつか読んだひどく豊かな気分になった。

「店のお客にも誰にも話せんことを、バスで隣り合せたお客さんに聞いてもらえて、気がせいせいしましたわ。ひとり旅も存外といいもんだねえ」

終点が近づくと彼女はそんないい方をした。

「何年かぶりで、伏見のお稲荷さんへ、お参りにいくんですわ」

遠足に出かける小学生のような初々しい顔で別れていった。

いつも梅雨明けに手入れをする生垣の不揃いが気になっていた。大型の台風が近づいているというので、盆の前でもあるし台風の前に手入れしておきたかった。ドリンク剤をのみ弱り気味の体調に鞭うった。遠方から手伝いにきてくれる小柄な娘を気遣い、数日前に庭の草取りに精を出したのか、八十路に手の届く躰はもう虫の息のようである。台風を気づかい一、二階の雨戸を閉めるのもやっとである。年を重ねる度に高齢のひとり暮しの辛さが身に滲みてくる。台風のあとの盆には例年通り孫や娘夫婦たち十数人がやってきた。年金暮しには出費がこたえる。いつまでこんなことが続くのだろう。客が帰ったあと一気に疲れが加速した。消費増税を見込んで、この夏は南隣の二階建てが三ヶ月も前から大がかりな改築をやっており、北の向い側は二軒の新築工事が進行中である。異常な暑さとコンクリートの車庫の壊しの騒音は絶え間ない機関銃の発射音のようで、体力の衰えた老人には拷問のようだ。暇を見て浅草寺の観音経の写経などして気を紛らした。しかし、九月に入るとお経を唱える声すら覚束なくなり、寝たり起きたりの日々が続くようになった。

「旦那が二週間の出張をするので、部屋が空くの、しばらく休養にきたら」

三女の末娘が声をかけてくれたので出かけることにした。しかし、娘も勤めを持っているし、土日の休日は中高生の孫たちの部活の校外活動につき添ったりもする。とにかく今どきの母親は痛々しい程多忙である。そんな中でゆっくりと甘えてはいられなかった。三日もかけて荷造りをし、たったの三日間の休養だったが、栄養と休息のせいか随分と楽になった。重いキャリーバッグとリュックという姿で地下鉄と私鉄を乗りつぎ、喘ぎながらだったが、二時間近くかけて家に辿りついた。

自転車で何とか買物ができるまでに回復すると、のび放題の頭髪が気になりだした。以麻のいきつけている安い美容室は電車で三区ほど乗った駅前にある。

「すっかり体調を崩して、もうパーマは諦めていたけれど、ここへ辿りついて思ったの。杖をつくようになっても、やっぱりわたし、ここへ来たいわ」

「お客さん、その気持とても大事ですよ」

彫のある個性的な風貌なのだが地味で幾分気難しそうな若い男の美容師が、短い言葉できっぱりといった。

パーマが終るともう一時をかなり過ぎ、空腹の虫がグーグーと音をあげている。有名なテナントも何軒か入っている駅前の少し気のきいたスーパーへ駈けこみ、弁当売場へ直行した。昼食時が過ぎているので空席が目立っているが、どこに座ろうかと一瞬席えらびに戸惑った。入口に近いテーブルに以麻と似たような年代の素朴でおだやかな感じの老婦人が、ひとりで弁当を食べていた。物を食べる姿は不思議と人柄を伝えるものである。以麻はその相席へ向った。

「こちらに座ってもよろしいでしょうか」

「どうぞ、どうぞ」

女性は親しげな眼差しで迎えてくれた。

「ひとりで食べるより、お連れさんがあった方がいいと思いましてね」

「そりゃあ、そうだよ。昼はいつも一人で食べるだもん。弁当買って家で一人で食べるより、用事で出かけた時くらい、こういう所で食べたいよ」

という。

「用事がなくたって、たまにはフラーッと電車やバスに乗って、こういう所で食事するのはいいことですよ。そのあとぶらぶら気ままに散歩するのも楽しみですし。足腰が丈夫な間に精々外あるきを楽しみましょうよ」

「そうそう、足腰もだんだん弱ってくでね」

そんなやりとりからしだいに話に弾みがついた。彼女は十一年前に夫を亡くし今は息子夫婦と一緒に暮しているが、食事も別だし身の廻りのことは全て自分でやっている、と語った。夫の達者な頃は夫の運転で方々へ日帰り旅行を楽しんでいたそうである。しかし、今は一人でバスツアーを楽しんでいる、ということだった。

「旅の連れを探すのはなかなかと難しいだよ。相手さんの体調が悪かったり、家族の具合が悪かったり、なかなか一緒に行けんのですわ。だから自分の都合のいい時に、さっと一人で出かけることにしとります」

近くの診療所の待合所ではグループ旅行の話題がけっこう多いが、その女性はどうやら仲間旅行があまり好きでないようである。以麻と似たタイプも結構いるものだ。弁当を食べ終った後も戦時中の子供時代のことなどいろいろと語りあった。同じ世代なので共通の思い出話はいくらでもある。

「農家の大勢兄弟の長女だったもんで、家の手伝いばかりさせられました。お婆さんがめっちゃ厳しくて、手伝わん者はご飯たべさせんという人でしてね。学校から帰るのを待っとって手伝いさせるんですわ」

学校から帰るのを待っとって仕事をいいつけられたことを、二人とも声を合せ合唱のように何度もくり返し、しまいに大笑いした。

「わたしは祖母はとてもやさしい人でしたが、母からは、これが生みの母親か、と思うほど辛くされました。私も大勢兄弟の長女でしたから、祖母とは血筋はなかったですが、可愛がりすぎるくらいに甘やかされましたわ。だからわたしは未だに根性なしで困っとります」

「このごろは実の母が娘に冷たく当る、という小説がよくあるみたいです。前には有吉佐和子がそういう母娘事情を書いていましたね。『香華』という小説など、ここまでやるかと思うほどの凄まじさでした」

香華は以麻も読んだことがある。

「あそこまで書き及んだ有吉佐和子はすごい作家だと思います。あの母親の異常さもきっと深い業因縁の絡みから来てるんでしょうね。ところでご本はよく読まれるんですか」

「本はときどき図書館で借りて読むんです。最近は朝井リョウという直木賞作家の作品がいいな、と思いました」

「朝井リョウはなかなかと評判がよかったですね。読みたいと思ってるんですが、雑用にかまけてつい読みそびれているんです」

田舎の老婦人にしては、どこか落ちついた品の良さが感じられるのは、読書好きのせいなのだと思った。学歴やキャリアを感じさせない凡庸な知性が、純朴の中からさり気なく漂っていて、老いを磨きあげている。

「あんたなんか親だと思っとらんでね、といった嫁が、自分の母親が最近亡くなってから、なぜかこのごろ私に良くしてくれるんですわ。有難いなあと思う一方で、どうしてだか少し不思議な気もするんですわ」

肩からストンと力を抜くように、女性は心底ほぐれた表情でいった。

「お宅さまの人徳ですよ。お幸せですねえ。実家といっても親御さんが亡くなられると、跡取りさんやお嫁さんの存在が一段と大きくなって、実家の空気がまるで変ってしまうんですよ。形だけの実家なんて落着けないもんです。お宅のお嫁さんもそのことに気づかれて、自分の居場所はやっぱり嫁ぎ先のここしかない、と思われたんですよ。きっとお宅さまのお人柄と相性が良いということですよ」

「そういうもんですかねえ」

納得できたように、女性はさらにほっとした表情になった。本が好きで聡明な姑を嫁は心のどこかで尊敬しているのだろう。老いてなお本を読むということは、心をしなやかにし経験の巾を拡げ、心身をすこやかに保つ秘訣のようでもある。

以麻の言葉で一抹の不可解がとけたのか、女性はふたたび夫の運転で小旅行をしたことや、ひとり旅の楽しさなどこまごまと語った。

「こんなこと近所の人や友達に絶対に話せませんわ。仲良く見えても近所や友達にはいろいろと気をつかいます。今日こうしてお宅さまとお話をさせて頂いて、とっても楽しかったです」

女性は本心さながらの真顔でいった。誰しも本音は内心深く閉じこめて生きているのだ。以麻は自分の軽卒でオッチョコチョイの本音など、誰からも相手にされず疎外の遠因になっただけだと思った。気がつくのが遅すぎた。

「ご飯の量がとても多すぎるけれど、おまけの海苔玉のふりかけご飯とてもおいしいわ。娘たちが小学生のころ食べたきり、何十年ぶりかしら。なつかしい味ですわ。持ち帰って夕食のとき食べますわ」

友だちの前では絶対にそんなことといわずに、ダストに直行するに決っている。しかし以麻は相席の老婦人に、仲の良い幼馴染みに近い感情を抱きはじめていた。残りの弁当を丁寧に包み直し、バッグにしまいこんでいると、

「ほんとうに今日はとても楽しかったです。また、どこかでお会いしたいです。どうかお元気で」

といって席を立った。出口に向いながら女性はもう一度以麻をふり返り、手を振ってからドアの外へ去っていった。

# 十二　相席

「無敵艦隊、今宵も無事帰還」

時江から珍しく高校の学年同窓会を知らせる電話があった。もうたったひとりきりになった恩師も九十歳を超え、来年は出られるかどうか分らないという。リベラルでにこやかな風貌の数学の教師で、朝は一時限前の零時限や放課後は、七時限というサービス授業をするので、生徒から抜群の人気があった。笑顔を絶やしたことのない上に、色が白く頬がこけし人形のように紅い童顔なので、桃太郎さん、というニックネームで親しまれていた。このところ数年欠席が続いたが、数学が苦手の以麻も、桃太郎さんとはぜひ会いたいと思ったので出席することにした。

名古屋まで出れば、いろいろと寄りたい所もあるので朝早い時間に家を出た。ある急行停車駅で隣り合せた八十代半ばらしい老婦人が、一旦はホームへ降りたが、発車間際に慌ててもとの席へ戻ってきた。

「金山だと思って降りたら違っとりました。いつも友達と中日劇場へいく時は、名古屋駅から地下鉄にしとりましたが、乗り換えがあって面倒でも、きょうは金山からいってみようかと、思ったんですわ。たまには一人で出歩かないと、頭がますます鈍なるような気がするもんでしてねえ」

駅を間違えてから、彼女は次々といろんなことを話しかけてきた。

「嫁さんはパートにいかっせるもんで、昼間はひとり暮しと変らせんですわ」という。

「でも、ひとり暮しは買物から何から何までみなひとり仕事だから、とても難儀ですよ」

「でもねえ、買物もお勝手もみんな嫁さんがやらっせるで、家におっても何んにもすることあれせんですわ。老人会も何かと気疲れするしねえ。習い事もこの年になるとなかなか上達しませんし、たまにはこうして、ひとりで遠足気分やりたいですがね。足腰のきく間にねえ。間違えながらやるのも、頭の体操になるやも知れせんし。間違えても友達に気兼ねせんでもええで、気が楽ですわ」

「私も時々フラーッとひとりで出かけるんですよ。お天気が道連れの行動吉日ですわ。健康ということは、有難いことですわ」

私鉄の駅までタクシーに乗るが、それでもぶらりひとりの外出は楽しい、という。

「電車賃よりタクシー代の方が何倍も高つきますが、あの世へお金もっていかれせんし。バス旅行は疲れるで、もう駄目ですわ」

話しだすと次から次へいろいろとよく喋る。家で日がな一日、言葉の出番のない沈黙を耐えているのか、以麻を相手によく喋る。降車駅につくと名残り惜しそうにふり返りながら、ホームのエレベーターの方へ歩いていった。

名古屋で降りると、やおら空腹を覚えだした。朝食をとらずに家を出たからだ。地下街を歩きだすと、パンとり放題、という店がすぐ目についた。一口サイズに切ったうまそうなパンや数種類のサンドイッチもある。以麻の住んでいる所は、電車で二、三区乗らなければ喫茶店もない。以前は駅前にラーメン屋、パン屋、喫茶店、本屋などいろいろあったが、いまはもうすっかり姿を消している。

モーニングサービスなど数年前に東京で一泊して以来のことだ。以麻は子供のようにはしゃいだ気分で店にはいった。皿に玉子の他、サンドイッチやパンのピースをいくつものせて店内を見渡した。女子大生のグループやサラリーマンたちで結構にぎわっている。以麻は八十代も後半らしい老婦人を見つけ、

「相席させて頂いて、よろしいでしょうか」

と声をかけると、笑顔を向けてどうぞ、といってくれた。おおかた食べ終っていた彼女は、バッグから幾種類もの薬をとりだした。

「年をとると、いろんな薬のむんですわ」

「わたしも、さっき食前の薬のんだところですわ。病いもわが身の内だと思って、大事につき合うことにしてますわ」

「ほんと、ほんと、その通りですなも。あんまり病気を気にしすぎると、気持まで暗らなるでねえ。こうして食事がおいしく頂けるのは、有難いことですわなも」

「こちらへは、よくいらっしゃるんですか」

「いろんな店へ出かけるよ。嫁さんがパートにいかっせる頃は、まんだふとんの中ですわ。無理して早起きしても、やることあれせんがなも」

ひ孫もいっしょの三世代同居で、家族がみなよくしてくれるけれど、市から無料パスが支給されているので、昼間はよく外出するといっていた。

「名古屋市のお年寄りは、無料パスが頂けるから、ほんとにお幸せですねえ」

「家の中にばかりおったら、お陽さんにも当れませんでねえ。花や木も、みんなお陽さんの方へ伸びていくがなも」

「ほんとうに、その通りですわ」

椅子の後ろから杖をとり出すと彼女は、どっこいしょ、と気張ったいい方で立ち上った。

「こうして、どっこいしょ、と立ち上る時が難儀です。杖がないと、どこへも行かれせんわなも。こうして一人で出歩いとっても、行く先ざきでいろんな人さんと出会えるで、楽しいわなも。なんとなくお遍路さんやっとる気分するわなも」

老女は初々しい笑顔を向けて別れていった。彼女はお遍路をしたことがあるのだろうか。そういえば若い頃はかなり苦労したらしいようすが、話し方や風貌から窺えた。

歩き遍路とバスツアーの八十八ケ所詣でとは、かなり異なるような気がする。以麻は夫が亡くなる一年ほど前に彼と連れだって道後の山里にある先祖代々の墓参りのついでに、春の日長にまかせ松山、香川あたりの札所をおおかた廻ったのである。先祖供養も札所めぐりも、夫の命知らずの酒を何とかしたいからだった。

「ご先祖さま、この人の深酒を何とかしてください。わたくし一人では、とてもお守りができかねます。どうか力を貸してください」

知っている限りのお経を唱えたあと、以麻は声にして願いごとを伝えたのである。

夫は泥酔した揚句、終電にちかい線路へ落ちて人事不省になったことが何度もある。それを目撃した親切な人が、ホームへ拾いあげてくださったようだ。

「お宅のご主人が酔って線路へ転落されたんですよ。迎えにきて貰えませんか」

しかし、その駅はまるで反対方向の、かなり離れた場所だった。何十年も通い慣れているのに、ホームへ出る階段の右と左の識別がつかなくなるとは考えにくかった。以麻はすこしミステリアスな気分に襲われた。

晩秋にちかい雨の夜道を、そんなに遠い不案内の駅まで、娘に運転をたのむ訳にはいかなかった。

「すみません、タクシーで家まで送っていただけないでしょうか」

「奥さん、呂律が廻らんで、道案内できんのですわ」

「すみません知立《ちりゅう》のタクシーのりばまで送っていただけないでしょうか。わたくし、タクシーのりばで待っておりますので」

「知立ならいいよ、待機しとってください」

知立は同じ私鉄の主要駅で複数の路線が通るだけに、乗降客も抜群で、タクシーのりばもかなり広い。

タクシーから降りても夫は腰が立たず、歩くこともできなかった。スーツには赤錆のレールの跡がはっきりと付いていた。

全身打撲で躰中がうずいている筈なのに、そんな素振りも見せず、夫は翌朝になるとにこやかに食卓についた。

「おかしいわね、正反対のホームへ出るなんて。誰かに誘導されたのかしら。要職にある人は酔わせた揚句に命をねらわれることがよくあるそうよ。ほんとうに気をつけてくださいよ」

「朝っぱらからネクラな話をするな、テレビの見すぎだよ。僕は無敵艦隊のつもりだよ」

そんなことをいい、彼は何事もなかったように出勤した。

自分では自重しているものの、酒の魔力にはなかなか勝てないようだった。

「御主人はここで降してくれ、といわれるので一旦は降しましたんですわ、ところが車が猛スピードで走る夜の県道を、千鳥足でフラフラと歩いておられるんですよ。とても危なくて放っておけなかったもんで、もういちど車に乗ってもらったんですわ。お宅はどの辺りでしょうか」

と電話がかかってきた。その時もタクシーは、家からかなり離れた市外を走らされていたのである。車の運転ができない以麻は、おおざっぱな方角を指示したあと、

「県道名古屋岡崎線を岡崎方面に進んでいただいて、小山の交差点をすぎるとじきに若林のNTTがあるんです。わたし、そこの電話ボックスの側で立ってます。ご迷惑かけてすみません。運転手さん、よろしくお願いします」

その時はタクシーの運転手が神仏の化身のように思われた。深夜に近い県道をそのまま千鳥足で歩いていたら、夫は間違いなく轢き逃げされた。夫のような酔っ払いを客にしなければならないタクシードライバーとは、ほんとうに苦労の多い職業である。

誰もひき受け手のない職場の鬼門とされるポストを、夫は逃げなかった。そこに就くとあまりのストレスからみな体調を崩して出勤不能になるという難所だった。用地交渉の段階で一部住民から激しい反対にあい、それがエスカレートして成田闘争の過激派が加担するようになったのである。ドスを突き立てて威したりする酷さだった。先輩筋が逃げるのも無理はない。しかし、夫は敢てそこを引受けた。愚直なまでに不器用な質なのだ。その辛酸を職場では語らず、海軍兵学校の「針尾」という機関誌に、

「万策つきかねています。どうか皆さん、良い知恵があったら教えてください。僕は海兵魂で頑張っています」と記している。

彼は山本五十六元帥に対して尋常でない敬愛を傾けており、僕のおやじ、という言葉で語ることがあった。勲章や目立つことをひどく厭がられた元帥に習って、後年叙勲など全て断った。それほど心酔すると、きわめて稀に見せられた柔和な表情に限り、夫はどこか元帥に似ていたようでもある。しかし、元帥は酒は嗜まれなかったそうである。時々夫は、

僕は駄目だな、不肖の息子だ、とひとり言めいたことをいっていた。万葉の酒樽歌人に靡いていく自分をセーブできなかったからだろう。

元帥に心酔していたので、海軍をテーマにした小説はおおかた読んでいた。とにかく本の好きな男だった。通勤の電車や地下鉄の中でもずっと本を読んでいた。そんな訳で夫の上着のポケットは文庫本の型でたるんでいた。

ある雨の日、乗り換え駅の側の本屋でいつものように立ち読みをしていると、やはり隣りで読んでいた男が、夫の傘を持って出ていった、といって自分はずぶ濡れで帰ってきた。

「その傘、私のですが、と声をかければよかったのに」と以麻がいうと、

「そんなこと、面倒くさいよ」

といっていた。デリケートな質だから、傘一本のことで相手に不愉快な思いをさせたくなかっただけなのだ。とにかく相手の立場を優先することが好きな性質に長けていた。

「僕ねえ、人間と酒、どっちも同じくらい好きなんだ」といったことがある。

しかし、妻という人間を酒で悩ませることは、例外だったようである。

「ある万葉歌人はね、酒を飲まないご仁は、猿にも劣るといってるよ。自分は酒樽になって、年柄年中、酒に浸って暮したい、といってるさ」

と得意気に笑っていった。とにかく笑い上戸で、底ぬけに楽しい酒飲みである。

ある夜、頭からぬれ鼠になって帰ってきた。

「紳士、夜、川を渡るなんて、映画みたいだ」

スーツの内ポケットからよく膨らんだ財布をとり出すと、水がゴボッとこぼれ出た。金は素寒貧だ。夜風はすでに冷たい晩秋だった。

「酒樽がきいて呆れる。あの川でいつもお百姓さんが、肥桶を洗ってるのよ」

「でも生きて帰れた。奇蹟の生還だ」

腹立ちと安堵感がいり混じった中に、やがて可笑しさがこみ上げてきた。マンガみたいだ。このかっぱ亭主め……。朝になると、

「ずぶぬれで震えながら帰ってきたけれどこの通りカゼひとつひかない。僕はやっぱり無敵艦隊だよ」

と元気よく出勤した。

このカッパ亭主、どうやら川を漂い歩く河童とも相性が合うらしい。海辺に住む知人から祭に招かれ、祭酒をたらふく飲んだようである。みやげにたくさん祭寿司をもらってきた。まだ明るい時間なのに、いつも歩きなれた近くの土手を歩いて帰る途中、足を滑らせ

て土手からころげ落ちた。これだけは助けてくれェといわんばかりの恰好で両手を上にあげ、寿司の風呂敷包みを天に向って放り上げたようである。夫は下半身ずぶぬれで帰ってきたが、みやげの祭寿司は無事だった。

「このお寿司、めっちゃおいしいね。お父さんといっしょに川に落ちなくてよかったね」以麻と子供たちは、海辺の町の郷土色ゆたかな祭寿司をおいしいおいしいと歓声あげながら喜んだ。でんぶは着色されず全てが手作りで、祭ばやしが伝ってくるほど美味しかった。

用地交渉の反対派に、夜中までカンヅメ談判に追いこまれる日が幾日も続いていた。

「議会で決められたことを、一部の方々の反対でとり消すことはできません」

刃物を突き立ててわめき散らす反対派に、夫はきわめて冷静に、議会制民主主義の立場を貫いた。反対住民は交代で食事もするが、夫たちには食事の時間すら与えられなかった。過激派は口ではもっともらしいことをいうが、マナーはまるでなっていなかった。反対派がやっと引き揚げた真夜中、空き腹にグイと飲んだのが響いたようである。やはりタクシーの降り場所を間違えて、猛スピードの車が飛ぶように走る真夜中の県道を、かなり歩いて帰ってきた。

「生きて帰ってきた。これで祝杯だ」

といって駅前の自販機で買ったという缶ビールを、嬉しそうにポケットから取りだすとうまそうに飲んでいた。信号もスピードも無視した夜中の車の恐ろしさが、余程こたえたようである。


夫はまさに命がけの酒飲みだった。彼のこうした酔っ払い話は、限りなくある。酔って転ぶので、いつもズボンのあちこちが破れてしまう。それをいつもながら知立《ちりゅう》のカケハギ屋に持ちこんだ。そのうちにカケハギ屋は、

「奥さん、カケハギ代より、ズボンを一本新調した方が、安くつくよ」

というようになった。奮発して誂えたオーダーのスーツである。既製品のズボンでは工合が悪いのだが、カケハギ代をきくとやはりそうせざるを得なかった。


転び方にも癖があるとみえて、ついに右膝の半月板が割れてしまい、暫く入院する破目になった。


乗り過しもよくあって、最終の電車といっしょに車庫入りをし、終点の駅前旅館で泊ったりすることもよくあった。

「お宅のご主人がホームで転倒して、足腰たたんし、口もきけん状態ですわ。奥さん、迎

えにきてもらえませんか」

という電話が、最寄り駅の二、三区先の駅から掛ってきた。以麻が迎えにいくと、

「頭に少し怪我もしとられますが、パトカー呼ぶと、身分に傷がつくといけない、と思ったもんで……」

駅長さんは随分と気をつかってくださった。足腰立たないので以麻は、夫の腕を自分の首に巻きつけ肩を貸してタクシーに運びこんだ。

「奥さん、なかなかうまいね、看護師さんやっとらしたかね」と駅員さんにいわれた。

「いいえ、ボランティア先で習った救護法が役に立っただけです」

「ほんとうに危ないところだったよ。ホームの端すれすれに倒れてみえたでねえ。線路でなくてほんとうに良かった」

駅員さんは安堵の色を浮べていった。すぐ近くの外科病院へかけつけた。医師が名前や住所をきいても、

「ナンノン、ナンノン、ヤッホー」

と意味のない奇声ばかり上げていた。

「なんで、こんなになるまで飲むんかね。まったく仕様のない旦那さんだ」

医師も呆れ返っていた。レントゲンに異常はなかったが、頭を幾針かぬうことになった。しかし、翌朝になるとシャキッとなり、頭のネットをポイと捨てると、以麻が止めるのも聞かず、元気よく出勤した。頭の傷も足腰も痛む筈なのに、ケロッとした笑顔である。
なにごとにつけ、彼はそういう質だった。ずいぶんと辛抱強い男である。辛いことを悲愴に耐えぬくというのではなく、あるがままに穏やかに受けとめていた。むしろ辛い時に、笑ってしまう、底ぬけに明朗な性格なのだ。バンカラに見えてひどくオシャレでもある。頭に白いネットをつけた姿を人目にさらすのが厭だったのだろう。抜糸までに幾日かあった。職場の鬼門というポストに就いた以上、人に弱いところを少しも見せたくないのだろう。男子の世界はいい加減ではない。きっと、その辛さや悲しみをつまみにしながら酒を飲むのかも知れない。

夫は先祖供養も八十八ヶ所参りもまるで気のない方だった。法事もやらない家で育ったのだから無理もない。先祖供養を怠ると、あの世でご先祖さんがふらふらと迷っておられるから、この世の子孫もふらついてうまくいかない、という俗信をきいたことがある。墓参りも用心棒でついていくだけだといい、札所詣でのタクシー代はみな以麻が支払った。

「かけ足参りだったけれど、日の長いおかげで香川の札所はおおかた廻れたわね。讃岐平野はほんとうに極楽浄土を絵にしたような風景なのね。こぢんまりとした小さな山は、お椀を伏せたように形がよくて、こうしてタクシーで廻っていると昔話の絵本の中を巡っているような気がするわ」

運転手は心得たもので、閉門前の札所にもきちんと車を着けてくれた。

「これだけたくさんお参りできたから、あなた、百歳まで太鼓判よ。わたしは先に失礼するかも知れないけれど……」

以麻は思ったことをすぐ言葉にする無邪気なところがある。夫はシーンと黙っていた。日の長い晩春、陽の傾くまで弘法大師空海のゆかりの地を訪ね歩くのは、いいようもなく豊かな気分だった。先祖の墓参りは三、四年ごとにフルムーンを兼ねて赴くことになっていた。瀬戸大橋を渡るのも楽しみだったし、瀬戸内に沿って走る予讃線の眺めが好きなので、飛行機で飛んだことは一度もない。

帰りに松山を正午の特急に乗ると、駅弁で満腹になった以麻は、瀬戸内の風景にみとれているうちに、やがてうつらうつらと昼寝タイムに移っていく。彼女が心地よい昼寝から目醒めるのは決って、多度津、多度津と告げる車内アナウンスである。窓辺に目を移すと、列車は波打際を駈けているようだった。次の瞬間、弘法大師生誕の地、屏風浦とはっきり記された標識が目にとびこんでくる。素晴らしいロケーションである。以麻は前から一度その屏風浦を訪ねてみたいと思っていた。昔のままの風景をとどめた屏風浦の小さな寺に、空海の産湯に使われたという井戸が、ぽつんと残されていた。彼女がこれほど弘法大師に惹かれる理由など、自分でもあまり分っていない。強いていうならば少女時代の何十年も前にある。真言宗でもないのに、祖母がいつもお経の終りに、南無大師遍照金剛、をくり返し唱えていたことと、弘法菓子のことである。暖かくなった三月の下旬に弘法さまの日がやってくる。どの家を訪れてもその日は、子供たちに弘法菓子が振舞われるのである。カラフルでいろいろな形をしたソフトな米粉菓子である。それを貰って歩くのはひどく楽しいことだった。以麻の家でも一日中、子供の客が絶えなかった。戦争が始まる少し前ののどかな弘法祭である。司馬遼太郎の、『空海の風景』、にとりつかれたのも元はといえば、弘法祭が由来するようだった。

『空海の風景』、は気に入った作品でくり返し入念に読んだ。空海は幼いころ泥んこで仏像を作って遊ぶのが、とても好きだったということである。その場所を地元の人に訊ねても、今時はみなご存知ないようだった。

「あの辺に仏母院というお大師様にご縁のあるお寺さんあるから、そこでおききなさい」

と教えてくれる人と出会った。

仏母院の若いのに丸い感じのご住職に教えられた通りに、おぼつかない細い農道を辿っていくと、そこは田んぼの中にぽつんと置かれていた。竹薮ともいい難い狭い笹竹の群りに、細い注連縄がひっそりと巡らされているだけである。笹群れが千年の昔からの風に、かすかな葉摺れを鳴らせて、ようきた、ようきた、とささやいているようだった。

一向に人の訪れる気配のない狭い無人駅は、まるで暮れることを忘れたように、オレンジ色の光だけがまどろんでいた。ところどころペンキの剥げ落ちた小さな駅舎のベンチに、ぼんやりと鈍行を待つのさえ、ひどく満ちたりた気分であった。海外のどこかの国のように、列車など定刻どおりに来なくていい、とさえ思うほどだった。せつないほど名残り惜しい風景の中に、人の往き来はほとんどなく、自販機も目につかなかった。夫はもう手紙が入れられるのもごく稀になったポストのように黙々とついてくる。気の毒なことに彼は、のどかな春の日長に一本のビールにもありつけないでいた。

## 無視の壁

同窓会のホテル会場には、定刻の十分ほど前についた。自分のテーブルに向っていくと、

「あら、お久しぶり」

出合いがしらに声をかけてきたのは、東海地方で有名を馳せている女流俳人だった。

「ＮＨＫの文芸サロン、時々拝聴してますのよ。ご活躍おめでとうございます」

以麻は思いがけない邂逅にそう挨拶をした。彼女とは高校のころから文学好き同志かなり親しい仲だった。しかし、三十代からすでにマスコミにも登場する有名人になったので自ずと疎遠になっていた。ごく単純なグリーンのブラウスにサインペンの赤のような大玉のネックレス、その上に白いジャケットである。俳人の雅びとはいい難い原色モードであるが、それはそれで彼女の人柄をよく伝えている。

「文芸サロンきいてる、とおっしゃると俳句をなさってるの」

「思いつきで、時々詠む程度ですわ」

「じゃあ、これ一冊あげる」

といって自ら主宰する月刊句誌の三十五周年の記念号を一冊くれた。三十五年も続けてい

るのか、よく頑張ったね、と声援を贈りたい気持で頁を開くと、舞台には六双の豪華な金屏風が展がっており、あまりの豪勢なパーティーぶりに、以麻はくらくらと立ちくらみを覚えそうになった。出席者として東大教授を筆頭に、Ｎ市の超有名美術館館長、地方紙の最高顧問、ＮＨＫ支局の幹部数名、民放幹部、大手出版の編集長、私大の学長数名など著名な文化人が三十余名、みな肩書明記で紹介されている。くらくらした頭の中は、蟹が泡粒を吐くようにざわめきだした。以麻も声をかけられるままいろんな出版記念会に出向いているが、こんなに豪勢な催しは初めてだ。ビックリポンのポンポンや、蟹の泡粒はそんな呟き方で驚いている。まるで秀吉の宴のようだ。

　女流俳人は私立の短大へいったあと、結婚後は別の女子大学に進んでいる。高校時代から始めた俳句は早くから賞をうけ、その道のトップに立つためでもあり、上昇指向の強い性格から学位を目指していたようでもある。その進学校からは殆どいかなかった私立の短大へ進んだことが、負けん気だけにコンプレックスになっていたのかも知れない。ごく平凡で温厚な夫は、妻を支えるのが楽しみのようだった。一頁に一句という贅沢な句集を次々と刊行した。短大の教師を経た後に、新聞社のカルチャー教室、ＮＨＫではＮ市とＧ市の支局で俳句の講師をはじめ、各地の公民館はもとより東京の銀座、四国の松山など三十ヶ所に及ぶ俳句教室をもっている。本も句集や評論を合せると五十冊ちかく出している。負けん気の上に、以麻とちがって押し出しの強い社交家である。もう八十歳なのに新幹線や飛行機を使って遠方の教室に出かけるのは、やる気もさることながら中農出身の疲れを知らない強靭な体力のためだろう。でっぷりとしたエネルギッシュな妖艶ぶりは、割烹旅館の女将のようでもあり、女性実業家のようでもある。

「ご主人、お元気ですか」

どういう巡り合せなのか、彼女の夫は以麻の夫とは少し距離のある部下だった。以麻が十数年も前に夫を亡くし、ひとり暮しであることも知っている。

「はあ、今朝もゴルフに出かけましたわ」

何か他人ごとのような軽いいい方だった。

「奥さまが光っておられると、ご主人もお元気なんですね。わたしはダメ奥さんでしたから」

気を許した以麻がつい本音をすべらせると、敗者をさらにいたぶるような、しらーっとした冷笑を浮べたまま、黙ってその場を離れていった。

女サディスト　水母の傘を　真二つ

彼女の三十代の句が、訳もなくせり上ってきた。無抵抗な弱いものを苛めることで快楽を得る、という素顔が透けて見える。

いじめの本質は、快楽であるようだ。

蜘蛛打って　暫《しばら》く心　静まらず

と詠んだのは虚子である。

旧交を温めるつもりで、気軽に声などかけた以麻はやはりトンマだった。超多忙の女流俳人が長年にわたり同窓会の幹事をつとめている理由が、トンマでボンクラな以麻にも少し分りかけてきた。百年以上の伝統をもつ進学校なので、旧制時代を合せると東大京大の出身者は、ゴロゴロといる。同窓会の要所を巧みに抑え、その足場を登りつめ、俳句ビジネスを築きあげたことが読みとれる。同窓会をしっかりと利用している人間もいるもんだ。それも勝組のマナーかも知れない。二千円の年会費の未納者が四割を超えるそうである。

句誌三十五周年を祝賀する記念誌とはいえ、会場での紹介はともかくも出席者の肩書をあれほど執拗に誇示されると、なぜか灰汁のような違和感が湧いてくる。勝組がスーツの上から秀吉ごのみの陣羽織をひっかけているようだ。豪華絢爛も度が過ぎると、野暮ったいだけだ。

そんなことで何年ぶりかの同窓会料理も楽しむどころではなく、来年の出席がおぼつかないという恩師へ挨拶にいくことさえできなかった。

記念誌を贈られたので以麻もお礼のつもりで、何年か前に出した連作長編の上下巻の小説を、レターパックで送ることにした。発売当時、東京丸の内の丸善本店で平積みでおかれ、図書館協会の推薦図書にもなった作品である。以麻の手許にも残り少ない貴重なものだった。しかし、六ヶ月以上も経つのに、受取ったでもなく、梨のつぶてのままである。三十に及ぶ教室のほか月間の句誌を出しているのだから、モーレツ社員なみの多忙は分る。彼女が以麻に豪華な写真入りの記念誌を渡したのも、自らの成功ぶりを誇示するものであることは分っていた。それなのに連作長編の自著を送ったのは、やはり高校時代からの懐しみのヴォルテージが満ちてきたからのようだった。中央線の通学仲間でもあったし、進学校のことでもあり、文学について気軽に語りあえるのは以麻くらいのようだった。その頃すでに俳句をやりだしていた彼女は、プラットホームで列車を待っている間に、自分の句が初めて句誌に載ったといって、嬉しそうに見せてくれたりもした。

彼女の担任が国語の教師でやはり俳句をやっていた。そんなことから俳句の道へ進んだようである。何ごとにつけその教師から助言を受けていたことが窺える。彼女が結婚後に進んだのも、その教師がリタイアしたあとに再就職をした女子大だった。短大の教師になることも、その恩師からの助言だったかも知れない。恩師がその職を辞したあと、間もなく彼女はその椅子に就いている。これと見込んだ人間には、とことん着いて離れない。見事なまでの粘り強さである。

彼女は虚子の弟子だった地元出身の不遇の俳人、鈴木花蓑《かすい》の評伝を記した作品で、新南吉賞を受けている。好きな道でもあり、目標を定めると生来の根性とやる気でひたむきに突っ走る。小中学生の息子が二人もいるのに、花蓑の研究のため名古屋から電車を乗りついで、知多半島の図書館へ何ヶ月も毎日通いつづけたのである。母・妻・俳人・研究者という役柄を見ごとに成し遂げている。そして彼女はついに文学博士という学位もとった。まったく上昇指向抜群の異能という他ない。自分の成功をひけらかす鼻もちならない賎らしさよりも、昔日に傾ける懐かしみの方が、うねるようにこみあげてきた。回想に耽ることは甘美でさえあった。

いっしょに競輪場でバイトをしたり、夏には池でボートを漕ぎ、冬は彼女の母親もいっしょになって百人一首を楽しんだ。母親は懇《ねんご》ろで愛想のいい田舎の素朴な人柄だった。回想がまろやかな気分をかもしだしてくるのは、田舎のぬくもりそのままの母親のせいだったのかも知れない。結婚後には以麻の方から茶会や観劇のチケットなどを贈っている。

回想にかられるままに、手紙の中に俳句も少し添えている。

ペンネーム　母郷は古い　船泊り
身を立てぬ　無名作家の　目に時雨
惜しみつつ　語りてやまぬ　虫の声
光失せ　残像やぶりて　見ゆるもの

気力体力ともに強靱な彼女のことだ、十五年後に五十周年記念の宴も予定していることだろう。十五年後といったってまだ九十五歳だ、充分いける。百歳現役の時代なのだ。しかし、その時の出席者はどうだろう。車椅子だったり、杖をついたりで、名誉心の強い彼女のことだ、肩書きに元東大教授、元美術館長、元私大学長、元ＮＨＫ幹部と、古い肩書を記すのかも知れない。そんなことを考えていると、上昇指向の強い彼女のことが少し気の毒になってきた。

記念号の編集後記で、まるで当り前のように、このたび高校の後輩でN市の都市住宅局長さんが入会されました、とやはり経歴と肩書つきで記している。それを読んだとき以麻は、あれっと拍子ぬけをするような危うさを覚えた。長年の慣れからくるセンサーの緩みのようなものである。彼女は俳句もさることながら名誉に浸ることの心地よさが滲みついたようである。おおかたほどほどに無難な勝組ばかりである。友は友を呼んで、何かと周波数の合いそうな勝組ばかりが寄ってくる。俳句ビジネスを続けるには、うまいやり方である。

芭蕉は、自分と同じくらいにうまい俳句を詠む人は、世にいくらでもある、と語っている。しかし、俳句を社交の手段としたり、俗流の遊びとすることをひどく嫌っていた。芭蕉が重んじた風雅とは、出世栄達や金持になることよりも、名利を離れて和歌や俳句、あるいは書画や茶の湯と向きあうことだ、といい切っている。天才俳人の芭蕉さんは、まるで浮世ばなれのした仙人のようだ。それでいて、秋深き　となりは何を　する人ぞ、と浮世にも懐かしい想いを馳せている。芭蕉のそこが面白いと以麻は思う。

頑健な体力と粘り強い根性のままに、女流俳人はこの先もずっと、金泥の六双屏風がよく似合う勝組の宴に酔いしれていくことだろう。そんな勝組信仰の修羅に、旧交の感傷に耽るにまかせて、長い手紙をかき、残り少ない大切な自著を送ったりした以麻の方が、桁はずれにトンマでボンクラなだけなのだ。

無視の壁　日輪浴びて　遠ざかる

## 亀の甲羅

母の祥月命日を知らせる葉書が、観音札所の寺から届いた。名古屋の都心にある大須観音といって、古くから多くの庶民から信仰を集めている。母も姉や従姉たちと連れだって門前に拡がる商店街を楽しみながら長年参詣に訪れていた。母が亡くなると、

「登美ちゃん、とっても観音さまを信心してみえたから、分骨を納骨堂へ入れたげて」

叔母がしきりと以麻に頼みこんできた。

母や弟たちから見事にのけ者にされ、遺産相続の序列からもすっぽりと外された自分が

なぜ、という気もしたが、八十を過ぎ杖をつきながらの叔母が懇願せんばかりに頼むので、以麻は旦那寺から小さな骨壷をもらい受けてくると、その納骨堂に納めたのである。そんなふうに三月の終りに、母の祥月命日を供養することがもう二十年以上も続いている。以麻も年を重ね体力が衰えてくると、名古屋まで出向くのがしんどくなってきたが、やれる間は続けたいと思っている。観音堂でおつとめをして下さるお坊さんは、宗派の各寺院から輪番で選ばれる修行僧だけあって、なかなかと爽やかな人々ばかりである。お寺参りの好きな以麻は、けっこういろんな寺を巡っているので、僧の資質のようなものは第一印象でピーンとくる。中には寺の生れではなく、自ら発心して僧の道を選んだというお坊さんもおられた。格式が高く資産家や知識人を多く檀家にもつ寺にもいったことがある。そこも僧は輪番制なのだが、何かにつけて事務的で、お経もハイソレマデヨというような素っ気ないものだった。

丁寧な供養が終ったのは正午に近かった。賑わいのある門前町も最近はヤングの店が主流になっているので、以麻の好みの和食の店はすっかりと姿を消している。昼食はやはり名古屋に戻って地下街でとることにした。しかし地下街も和食党の店がめっきりと少なくなった。以麻はときどき立ち寄る、地下街の外れに近い寿司屋にはいることにした。メニューも一般に馴染みやすい手頃なものが多い。あまり広くない店の中は、ほどほどに客が入っていた。

「お客さん、お一人さまですか」

ときかれ、そうだ、というと相席に案内された。

相席の老婆は蝦のように背が丸く、モーニングの老女よりも更に年を重ねているようだった。まるで年が読みとれない。帽子を深く被ったままなので、人相も顔立もさっぱり分らない。

「失礼します」

と声をかけて会釈をしても、しーんと無視をして気難しそうに黙々と口を動かしている。しかし、そのような高齢になっても一人で寿司屋へきて、寿司定食を食べるとは、見上げたものだ。やがて以麻の前に膳が運ばれてきたので竹製の箸を割ると、老婆は以麻の小皿に黙ってしょう油を注いでくれた。

「どうも、ありがとうございました」

と礼を述べても、何の応答もなく黙ってもくもくと食べつづける。すっかりと背が丸くなったせいで、口とテーブルの間にまるで距離がない。

ひとり暮しなのか、それとも家族がいても同じテーブルで食事などしないのだろうか。しかし、人の往き交う賑やかな地下街で食事をするということは、人のいる風景が好きなのだろう。それでいて人づき合いのうまい方ではないらしい。根は情のこまやかなタイプであることが想像できた。相席の以麻と口はきかなくても、センサーの全てを傾けて、人柄や心の襞を確かめているようだった。

老婆が席を立ったので、

「どうもありがとうございました」

しょう油を注いでくれた礼を重ねていったが、首を背中にめりこませるようにして黙りこくったまま、レジの方へ向っていった。背中はちょうど亀の甲羅のような形のいい楕円形に丸まっている。良い形だ、以麻はその後ろ姿に目を移し、箸の手を止めてじっと見つめていた。間尺に合わない理不尽や辛酸を、どれほど潜りぬけてきたことか。高齢であるだけに、以麻の経験し得なかった酷い時代を生きている。それでも人や世間を怨むのでもなく、天命のごとく受けとめて、黙々と生きのびているのだ。背中というのは、実にその人の過去や心の軌跡などを、まるで無言劇のように物語っている。誠実な苦労人なのだ。以麻はそう思った。めったに見かけない後ろ姿である。亀の甲羅の尖端は、かっぱの藁蓑のようでもある。身長が縮んだせいなのか、コートの丈は長く床につきそうで、裾の下はすぐ平たい靴になっている。なんとなく人間ばなれのした異界の生き物のような気さえする。帽子を深く被ったままなので、亀なのか、人なのか、河童なのか、それすら判然としなくなる。ひょっとすると百歳を超えているのかも知れない。一瞬そんな途方もない想いがよぎったりもした。

姿が消えたあと、寿司屋の入口あたりに、亀の甲羅を絹のように薄く剥いだ光のカーテンが、幾重にも残像を伴ってゆれているようだった。魂から放たれるエネルギーの波動なのだろうか、以麻は内心そう呟いた。

疎外されようが無視されようが、そんなこと気にもかけず、黙々と黙りこくったまま、気が向けばさり気なく心を傾ける。亀の甲羅と河童の藁蓑の背中から、かすかにべっ甲色を帯びた光を放ちながら、この先もずっと生き延びていきそうな予感が拡がりだした。

（完）

あとがき

この作品は「黎明」誌に二〇一四年から二年間かけて十二回連載をしたものです。終章「相席」に登場する年齢不詳のお婆さんの、終始無言の好意に心うたれたのが創作の動機です。詩にもエッセイにも納まりきらず、自ずと小説という形になっていきました。そこから起点に少女時代から巻貝の螺旋を辿るようにいろいろな人との出逢いを思いつくまま描出したものです。書いている間に、昭和の姿をこのように記すことの限界年齢であることに気がつきました。勿論、日々過速するITの洪水に流されないよう、自分の居場所を確かめたいという気持ちもありました。筆を下ろした初めのころから、この作品は多くの人々に読んで頂きたいと念願するようになりました。

八十路すぎの創作など考えてもいなかったので、われながら本当にビックリポンです。

上梓にあたりまして創英社／三省堂書店の塚本様にはいろいろとお世話になりました。厚く御礼申し上げます。

二〇一六年七月吉日　　　　潮見純子

## 【著者プロフィール】


潮見　純子（しおみ　じゅんこ）

本名　加藤和代


1935年8月　名古屋市に生れる
1954年　愛知県立旭丘高等学校卒業
　　　　愛知県庁に勤務
1957年　結婚
1985年　名古屋第一日赤で6年間ボランティア
1990年　愛知県の特別養護老人ホームで10年間ボランティア

同人誌「マチネ」、「北斗」（名古屋市）、「松柏」（市川市）
その他の同人誌で40数年間、小説、エッセイなどを書く。

著書
1984年　詩集「ひるがえる海風のマントのぷれりゅうど」（私家版）
1990年　小説「胤のるつぼ」（編集工房　旅と湯と風）
2008年　小説「手のひらの方程式（上・下）」（新生出版）


# 相席

平成28年11月7日　初版発行

著　　者　潮見　純子
発行・発売　創英社／三省堂書店
〒101-0051　東京都千代田区神田神保町1-1
三省堂書店ビル8F
Tel：03-3291-2295　Fax：03-3292-7687
印刷／製本　三省堂印刷株式会社





ISBN978-4-88142-600-5　C0093